發條精靈戰記

天鏡的極北之星

Alderamin on the Sky

8

宇野朴人

Illustration 竜徹

角色原案 さんば挿

Kadokawa Fantastic Novels

Alderamin on the Sky

Uno Bokuto Presents

登場人物

卡托瓦納帝國

伊庫塔・索羅克……本作的主角，在非自願的情況下成為軍人的怠惰少年。

雅特麗希諾・伊格塞姆……已故。舊軍閥名家伊格塞姆家的女兒，在軍事政變尾聲，為保護伊庫塔不受狙擊而身亡。

托爾威・雷米翁……舊軍閥名家雷米翁家的么兒。率領狙擊兵尋求新時代的戰爭方式。

馬修・泰德基利奇……體型微胖的平凡少年，對才華洋溢的同伴們抱有憧憬。

哈洛瑪・貝凱爾……身為醫護兵的女性，在一行人中是最有大姊姊風範的成員。

夏米優・奇朵拉・卡托沃瑪尼尼克……卡托瓦納帝國第二十八代皇帝，以暴君面貌施行專制政治。

巴達・桑克雷……已故。伊庫塔之父，前「旭日團」司令官，不拘常規性格奔放的軍人。

優嘉・桑克雷……已故。伊庫塔之母，因停戰交易被齊歐卡轉送給帝國的不幸女子。

庫巴爾哈・席巴……帝國陸軍上將，新「旭日團」參謀長。相信伊庫塔將重新振作，代為掌管帝國軍。

索爾維納雷斯・伊格塞姆……帝國陸軍名譽元帥，雅特麗之父。在新皇登基的同時被剝奪實權。

泰爾辛哈・雷米翁……帝國陸軍上將，托爾威之父。自從心腹在軍事政變中喪生後便喪失衝勁。

托里斯奈・伊桑馬……帝國宰相。企圖重現神話時代的皇室至上主義者。其瘋狂毫無消退跡象。

齊歐卡共和國

約翰・亞爾奇涅庫斯……被頌揚為「不眠的輝將」的齊歐卡名將，具備完全不需睡眠的特異體質。

米雅拉・銀……約翰的副官，擁有已滅亡的極東國家「亞波尼克」的血統。

塔茲尼亞特・哈朗……齊歐卡陸軍少校，約翰的盟友。身材高大得令人需要抬頭仰望。

阿納萊・卡恩……逃離帝國的史上首位科學家，伊庫塔的老師。對約翰不眠的體質感興趣。

拉・賽亞・阿爾德拉民

亞庫嘉爾帕・薩・杜梅夏……拉・賽亞・阿爾德拉民神聖軍上將，個性豪爽的男性。

耳邊響起粗魯地踢翻路面整齊石板的腳步聲，以及數名男子大口喘氣的呼吸聲，那些人以暴力般的匆忙從他們附近穿越而過。

少女躲在暗處屏住呼吸等待不知是第幾波的聲響過去後，牽起弟弟的手拔腿就跑。

「姊，好痛……！」

面對手腕被抓疼眼角泛淚的弟弟，少女豎起食指抵在嘴角。

「……忍耐點，修利。忍到我們逃離那群傢伙為止。」

她低聲告誡，察覺前方傳來的氣息後慌忙衝進民宅屋簷下。緊接著，四個帶著風槍的人影陸續繞過轉角出現。

「……嗚……！」

砰砰！敲門聲響起。那些人似乎正分頭胡亂搜索附近的民宅。從屋簷下偷看情況，姊弟倆只能一直拚命銷聲匿跡的躲藏著。

——如果被發現，我們也會被帶走。

這麼一想，少女背脊竄過一陣寒意，感到非常不安。嗚咽聲隨著彷彿勒緊胸口的痛苦湧上喉頭。

「————嗚……！」

她拚命壓下衝動等待氣息再次通過，憑藉不服輸的精神鼓舞快要萎靡的心。少女以手背用力擦去眼角浮現的淚珠，咬緊牙關爬出屋簷下。

少女也隱約知道，事情是「王國復興派」的傢伙搞出來的。

她所居住的齊歐卡共和國是由複數國家及民族合併而成，成立年數相對較短的國家。因此即使同為齊歐卡人，國民實際上只不過是一群各自有不同歷史源流之人的集體。加倫姆王國、尼塔達亞公國、馬姆蘭各族聯邦、帕猶希耶、拉歐、亞波尼克分設國——合稱東方六國。回溯到大約兩百年前，他們的祖先在這些現已滅亡的國家過著各自的生活。

這一點是全體國民共通的歷史，然而有極少數人過度拘泥於這段過去。加倫姆王國復興派便是一例，還是特別糟糕的例子。直至齊歐卡建國超過百年的今日，他們依然難以忘懷昔日的榮耀企圖重建王室。他們在國民議會持續保有一定勢力，並不時以暴力的形式來實行追求目標。

「爸爸……媽～媽……」

弟弟伴隨嗚咽聲而發的呼喚，聽得少女也險些哭出來。兩人的雙親已被王國復興派帶走了。只要閉上眼睛，那一幕便歷歷在目。當出門玩耍的姊弟肚子餓了正想回家時，看見雙親在自家玄關前和幾名陌生男子爭執。霎時察覺危機的她牽著弟弟的手躲進暗處，偷偷觀察情況了一陣子——沒多久之後，他們的雙親就被那些人拿槍指著押走，不知帶往何處。

父母被壞人抓走了。

少女從認識到狀況的瞬間起開始思考自己該採取什麼行動，並果敢地付諸執行。

「——他們好像走了。走吧，修利！」

她牽著弟弟的手爬出屋簷下，再度邁步奔跑。她抬起手背粗魯地擦去臉頰的塵土與滴落的淚水，藉此壓下心中的膽怯。

少女拚命用小小的腦袋思考——首先必須讓弟弟修利逃到安全的地方。年幼的弟弟是全家最弱小的人，需要比他年長的自己關照。理應如此——問題在於，該帶他逃到哪裡才安全？

碰到困難時就請鄰居幫忙，母親曾這麼交代過。但唯獨這一回，她覺得這樣做行不通。無論是蔬菜舖的哈莎阿姨或鞋店的梅迪叔叔，還是體格比她大上好幾倍的木匠瑪巴賽師傅，對拿槍威脅人的傢伙都無計可施。

要求助，應該要找配備相同武器的人。少女得出結論，決定以鄰區的公安署當作目的地。她曾和母親在購物途中一起經過那裡，模模糊糊地記得路線該怎麼走。如果正常地走過去，大概不到四十分鐘就能抵達——然而……

「哈啊！哈啊……啊……！」

問題在於復興派的黨羽正四處跑來跑去。明明已經出發超過一小時，為了避開他們的耳目前進，姊弟倆甚至尚未抵達鄰區。這停頓出乎她的意料。

「哇！這裡也有……！那些傢伙有多少人啊？」

停下腳步的次數愈多，少女愈是體認到自己正置身於重大事件的漩渦中。至於這究竟是規模多大的異變，她甚至無法想像。對於才剛滿十歲的少女來說，以家為中心的半徑數百公尺範圍便是她的全世界。

儘管如此，幸虧兒童體格嬌小，姊弟倆沒被任何人發現地不斷前進，異樣的景象忽然在兩人眼前展開。躲進停在路肩的運貨馬車陰影處，少女皺起眉頭。

「……他們在玩不讓過。」

少女依照所見的印象呢喃。正如她所言，大批士兵像阻攔兩人去路般堵在前方，另一頭還擺放著用木材搭建到一半的路障。

「…………」

雖然意料之外的難關出現，少女並未消沉下去。既然對方擺出那麼大陣仗的不讓過，只要越過那裡情況應該就不同了——她極為樂觀地思考。姑且不論面對當前情況是吉是兇，這可以說是一種才能。

「姊，怎麼辦……？」

弟弟不安地拉拉沉思的姊姊袖口。少女沉默地環顧四周。

麻煩的路障似乎才剛開始搭建，有幾道顯眼的空隙，兩個體格嬌小的孩子要鑽過去一點也不難。然而，他們離空隙太遠，中間又有太多人看著。距離粗略一看超過三十公尺，他們沒辦法不被人發覺地跑那麼遠，就算想一口氣衝過去，多半也會被成人的腳程追上。

苦思良久後，少女毅然地瞪視眼前的馬車。僅僅替馬匹掛上馬軛，粗心大意地沒鎖上車輪，顯示復興派行事漏洞百出——少女沒有想那麼多，純粹將馬車看成「交通工具」想到一個單純的點子。

「上車。」

只要解開馬軛繩索，再拉扯一下馬尾巴馬兒應該就會跑。少女憑著模模糊糊記得的知識思考，在駕駛座上摸索起來。

「加緊作業！國軍很快就要來了！」

一邊監督路障設置作業，屬於王國復興派的中年男子一邊大喊。無論是命令口氣或調派部下的手腕，他的指揮都頗有造詣。這也當然，他可是掛中士階級的齊歐卡退伍軍人。

「作業進展順利，隊長。」

「唔，繼續。能否封鎖路口，之後的結果將大不相同。」

男子如此回答前來報告的部下，神情嚴肅地抱起雙臂。

「無論如何都要完成計畫。近來那些議員的懦弱態度叫人無法忍受……靠那些傢伙，想復興故國只是作夢。」

部下沉默地頷首。男子拉高嗓門繼續說道。

「既然到了這步田地，就由我等來挑起事端。將這個首都諾蘭多特的一角改設為加倫姆民族專屬居住區，排除其他民族召集同胞，找回民族的團結意識。加倫姆人必須以加倫姆人的身分生活

——什麼全體國民共通的基礎教育豈有此理！」

他的話語漸漸帶著激情，像連珠炮似的愈說愈急。

「你敢相信嗎？庫亞迪。我兒子在學校裡竟然和尼達格亞的大頭呆和馬姆蘭的蠻族小鬼同席。一提出抗議，反倒被校方指責是歧視……簡直不可救藥！」

噠！男子以軍靴鞋底粗暴地踩踏地面，稍微放低音量恨恨地咂嘴。

「退一萬步來說，所有民族共榮的理念還算可以接受……不過，應該是由我等加倫姆人帶頭來達成這個目標才對。這不是理所當然嗎？齊歐卡建國前最有實力的正是我等。尼達格亞人也好、馬姆蘭人也好、亞波尼克人也好、帕猶希耶人或拉歐人也好——原本都是臣屬於我等的立場。他們究竟搞錯了什麼，竟然傲慢地以為彼此關係對等！」

部下反覆點頭附和。男子拍拍他的肩膀，強而有力地宣言。

「就由我等的行動來糾正這個誤解。明白嗎，庫亞迪！」

「是，隊長！」

正當兩人互相確認彼此的目標，重新堅定復興故國決心的那一瞬間——

「——喂，怎麼回事？那輛馬車，快停下！」

同伴錯愕的叫聲傳進耳中，兩人愕然回過頭。在目光所及之處，原本停在路肩的馬車正拖著載貨車朝他們跑過來。

「停下！叫你停下——」「喂，要撞過來了！」「嗚喔喔喔喔喔？」

不顧制止橫衝直撞的馬匹在路障前原地踏步，被慣性甩出去的載貨車撞上搭建到一半的木材——但真正令人驚訝的是，緊接著一對年幼的姊弟從半毀的路障所攔住的載貨車上迅速跳下來。

「呼……！快跑，修利！」

目光直盯著路障的另一頭，少女牽起弟弟的手拔腿狂奔，絲毫不顧衝撞時撞傷的額頭冒著鮮血。看見兩人的身影，復興派的成員們臉色大變地大喊：

「是小孩！小孩逃跑了！」「什麼？抓住他們！」

那群人追向試圖鑽過木材縫隙的兩個孩子，轉眼間便拉近距離。儘管一時猝不及防，以小孩的腳程要追上是輕而易舉——才小看地想著，意料之外的衝擊竄過他們的身軀。

「嘎……？」「咕啊！」

已逼近到離姊弟背影只有一步之遙的男人們一個接一個摔倒。眼見部下們摀住肩膀與胸口痛苦掙扎，擔任現場隊長的男子瞪大雙眼喊道：

「怎麼？發生什麼事了！」

「是射擊，隊長！我等正遭受攻擊！」

「射擊？別開玩笑了！敵兵根本不見蹤——」

在他們眼前，又有一名同伴被子彈貫穿倒下。這讓隊長察覺自己的疏失，原本只顧掃視地面的視線一口氣轉向頭頂——立刻雙眼圓睜。

街道兩旁相連的住宅屋頂落入他眼中。大批風槍兵正趴在屋頂上擺出射擊姿勢。

「——將先遣部隊布置到民宅屋頂上？可惡，耍這種小手段……！」

隊長瞪著敵兵咬牙切齒。在他身旁，發覺另一個危機的部下大喊：

「前方確認敵方部隊！正迅速接近此處——是騎兵連！」

隊長躲進遮蔽物後，目光從屋頂上的敵兵轉向路障另一頭，確實捕捉到在路上掀起塵埃疾馳而來的騎兵身影，重新激勵被殺個措手不及而產生動搖的心。

「重頭戲來了嗎！別怕頭頂的射擊，全員準備迎擊！路障一定會擋住他們！看準那個時機迎擊！」

得到具體命令的部下們依照指示舉起武器，不服輸地回看自路障另一頭掀起塵土逼近的騎兵集團，瞄準準心——在只等著扣下扳機的時候，一部分士兵察覺異狀。

「吶——那個……」「嗯……沒放慢速度。」

距離明明已近到可以看清彼此的軍服，敵方騎兵的勢頭卻絲毫未減，宛如看不見攔路的路障一樣。

「……難道他們打算直接撞進來？」

不見減速徵兆的騎兵毀滅性的步伐已臨近障礙物前。復興派眾人只預想到騎兵隊撞上路障自取滅亡的景象，然而——下一瞬間，他們近距離目睹猛踏地面躍上半空的重量感十足馬身。

「什——！」

遠遠超出騎兵所需水準，他們飛越障礙物的技巧已達到雜技表演的範圍。本應保衛士兵們的木材，甚至沒絆到跳躍馬匹的馬蹄就失去作用。

「咿——！」「嗚哇啊啊啊！」

領悟自軍失策的士兵們發出的慘叫聲成了大合唱。眼前的路障不構成障礙物——從誤判這個事實起，他們的反抗早已結束。

「Mum……建造路障的方法還是上個世代的老法子。不必費事搭建木材，如今改用有刺鐵絲網明明更快。」

一名格外顯眼的白髮將領在完成鎮壓的街道中段四處實地調查。他在周遭的軍官之中年紀特別輕，但步伐比任何人都更威風凜凜，一舉一動都顯露出滿滿的活力。

「這也無可厚非，約翰。負責指揮的頂多是退伍軍人，有刺鐵絲網直至最近才開始實用化……離開第一線多時的軍人並沒有實戰運用過的經驗。」

擔任其副官的黑髮女子，米雅拉．銀少校回應。她的五官輪廓與腰際的小刀造型，都顯示她來自已滅亡的亞波尼克。

「世代間的代溝嗎……如果這道溝壑也能阻擋王國復興這種無益思想的傳播就好了——」

約翰語帶嘆息地呢喃。將鎮壓地區大致調查完畢後，兩人走向成為衝入敵陣關鍵的兩名小孩身邊。

「——抱歉嚇著你們了。你們是從裡面逃出來的對嗎？」

約翰彎下腰配合姊弟倆的視線高度開口問道。姊姊露出打量的眼神直盯著回望他，弟弟則緊緊黏在她背後。

「你們和爸爸媽媽走散了嗎？」

當約翰繼續詢問，少女緩緩地點頭。

「大哥哥們是警察？」

「有點差異，不過類似。我們一樣是來救你們的，這一點你們可以放心。」

約翰面露微笑地承諾，而少女淡淡地告訴他。

「爸爸和媽媽被王國復興派的傢伙帶走了。」

少女將黏在背後的弟弟推到表情一僵的米雅拉面前。

「帶我弟弟到安全的地方去，我之後會去接他。」

她邊說邊環顧四周，注視著忙碌走動的士兵們又補上一句話。

「還有——請給我武器。像那把槍一樣的就好。」

「武器？……妳打算拿來做什麼？」

少女在詢問的米雅拉面前轉身望向來時路，毫不猶豫地說出口：

「那還用說。去要回我的親人。」

少女以不由分說的力道斷言。站在啞口無言的副官身旁，白髮將領露出微笑。

「……真棒。好，我借給妳。」

「約翰？你做什麼——」

不顧米雅拉的訝異，約翰的白銀雙眸牢牢直視著對方，以鄭重的口氣問道：

「勇敢的淑女，能夠請教妳的芳名嗎？」

「……卡夏．瑪斯庫斯。我弟弟叫修利。」

「謝謝，卡夏小姐。放心，我會負起責任將妳弟弟託付到安全之處。」

他以眼神向背後的部下示意，一名態度溫和的女兵過來接少女的弟弟。少年一時之間不肯離開姊姊，但看出她的決心堅定，只得沮喪地跟著女兵離開。

和卡夏一起目送他們的背影離開後，白髮將領以右手拇指比向自己說道。

「我也報上姓名吧。我叫約翰，是齊歐卡陸軍少將約翰．亞爾奇涅庫斯。」

共和國無人不知無人不曉的當代青年才俊充滿自負與自信地報上名字。那背後彷彿有光線迸射而出的身影，看得少女無意識地瞪大雙眼。

「記住了嗎？那是妳借到的最強武器之名。」

第一章

Alderamin on the Sky

在拂曉的共和國

「……報告已送達。看來沒有錯，前加倫姆激進派占領了首都諾蘭多特東部第六區。」

書記官帶來決定性的壞消息。聳立於首都中央的議會議事堂委員會辦公室瀰漫著沉重緊繃的氣氛，聚集於此的大多數議員都嚴厲地盤問屋內唯一背對他們站在窗邊的深藍色西裝男子。

「──情況變得非同小可啊，執政官。」

說話者的聲調散發出明顯的敵意，同時又難掩喜色。另一個帶著同樣意味的問話聲緊接著跟上。

「即使只算大規模的，這也是在你任期內發生的第五起內部糾紛……針對帝國的軍事行動因此長期停擺。這次可無法替你說話了。」

「正是。不顧周遭反對大刀闊斧地整頓導致如此結果，你究竟打算怎麼處理？」

「兩年前帝國軍因軍事政變分裂之際，如果我國準備萬全，應能越過國境大舉入侵，但未能實現──只因國內隱含的爭端導火線多到難以實行。」

「一場接一場內亂破壞了我等的戰略構想。即使有帝國方面暗中煽動，也無法當作藉口。你不認為應當有人承擔責任嗎？」

儘管面對接二連三的逼問，他們瞪視的背影依舊文風不動。只有金屬管交互摩擦的卡嚓聲，從背影的另一頭斷斷續續地傳來。

「請給我們可以接受的答覆！即使打定主意保持緘默也躲不掉的！」

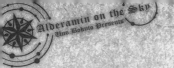

一名議員對男子的毫無反應煩躁起來，一下子拉高嗓門指責對方的沉默。彷彿終於察覺他們正要求自己答覆，金屬摩擦聲戛然而止。

「——就算指責我在保持緘默，各位的憂慮對我而言難以理解。」

男子回答的語氣平靜得可恨。面對那佇立在房間最深處不為所動的中等身材背影，期望擊潰這座大本營的議員們不服輸地竭盡全力聲討。

「逞強也該有個限度！還是你其實沒理解狀況？前加倫姆的激進派勢力占據了部分諾蘭多特市區死守不出！任誰都看得出此事會波及大量民眾！不管激進派有什麼目的，他們肯定會利用民眾當人質……！」

「若這起事件造成許多犧牲者，你的政權支持率將難逃暴跌，但接受激進派的要求曝露出己身懦弱的醜態結果也是一樣。你終於無路可走了，執政官。越過這扇窗俯瞰的街景，也不知還能再看幾天——」

聽完一連串露骨地盼望預測成真的發言，男子深藍色的背部緩緩地聳動，顯示他正不由得發笑。

「真是光榮。沒想到比起被抓市民的安危，各位更擔心我的前程。」

以淡淡的諷刺給予議員們一擊，在他們還沒更加破口大罵前，深藍色的背影高聲宣言。

「不過請放心，各位的憂慮大體上是杞人憂天。」

被男子氣勢壓倒的議員們一瞬間啞口無言。金屬管的摩擦聲再度在寬敞的室內響起。

「由於已採取必要的措施，我僅僅在這裡等待好消息。」

＊

「………」

在張設於封鎖道路中央的帳篷內。面對眼前的長桌，勇敢的少女卡夏的時間停止了。雖然正確地說，是注視著放在桌上切成方塊的麵包、水果拼盤與倒在銅杯裡的牛奶才對。

「怎麼了？吃啊。妳肚子餓了吧？」

在少女對面，桌子另一頭的約翰面帶笑容地要她開動。他自己也啃著蘋果發出清脆的聲響。

「不必擔心妳弟弟，他現在正吃著相同的食物。在這裡三餐都能供應生菜和水果，是在城市內戰鬥的優點之一。」

「……不去收拾那些傢伙嗎？」

當少女握緊湯匙問道，約翰忽然露出嚴肅的表情地反問。

「卡夏小姐。收拾王國復興派的人，是妳的目的嗎？」

感到意外的卡夏沉默一會兒後噘嘴搖搖頭。

「……不是。我一開始說過，我要找回爸爸和媽媽。」

「太好了，那妳的目的幾乎和我一樣。」

白髮將領鬆了口氣似的笑逐顏開，指尖咚咚地敲著桌子。

「光是要收拾掉敵人不難。只要派我帶來的部隊全力進攻，不用一小時即可解決——但這樣做必然將發生激戰。如此一來，妳的父母或許會受傷。明白了嗎？」

唔唔唔～卡夏皺起眉頭。停頓足夠的時間後，約翰繼續往下說。

「目的是救出被抓走的人，戰鬥只是達成目的的方法。不可以弄錯這一點喔，卡夏小姐。」

「……那麼，約翰你打算怎麼救出我爸爸和媽媽？」

沒有立刻回答這個問題，白髮將領的目光投向帳篷入口。很快地，副官米雅拉掀起布簾探頭進來。

「約翰，潛入被占據區域的部隊派回的傳令兵剛剛抵達。」

「Ｙａｈ。報告吧。」

「是——首先，敵方總數看來為一個營約六百人。其中大多數是未經正規訓練的民兵，但有三分之一左右由退伍軍人及現役士兵組成。」

「正如我所料。被他們抓走的市民情況如何？」

「幾乎所有人都被監禁在位於此處東邊三百餘公尺外的地點——東部第六區中央的文化館，現階段的待遇好像不算差。他們為在初期行動中負傷的傷患包紮，並給予所有人飲水。除了部分情況之外，目前市民們僅僅是在精神方面驚慌失措而已。」

「部分情況是指？」

沒有錯過這一句話的約翰追問。米雅拉使勁咬住嘴唇回答：

「……有部分民兵對出生背景為加倫姆以外國家的市民動粗。雖然目前還停留在腳踢民眾背部、咒罵等輕微程度……若監禁長期化，令人憂心這些行動將逐步惡化。」

「——愚蠢。」

語氣激動地拋出一句評語，約翰深深嘆息。

「敵方勢力的規模及人質的現狀我都清楚了，必須盡速解決事件的理由也是——再來，告訴我對方詳細的戰力配置。」

「是——敵方的戰力分配分別集中在占領區域第六區的中央及外圍部分。駐紮在中央——文化館周遭的兵力約百餘人，大半是訓練程度低的民兵。主力近五百人則負責防禦外圍，派往占據區域西側——我們目前所在地這一帶的部隊特別多。」

「將只需監視人質的工作交給外行人，主力過來牽制我們嗎？也算適當的安排。」

看出敵方用兵的態度，白髮將領關注這一點。

「但這對我們來說正好方便。既然敵陣內全是外行人，潛入內部的他們應該也易於行動。」

「看來正是如此，潛入中的拉凱少尉還報告『大多數的民兵和稻草人沒兩樣』。」

「Ｈａｈ！這俏皮話真有他的風格。想到『上一次的工作』，這種程度的任務不足為懼啊。」

欣喜於部下靠得住，約翰繼續歸納應該採取的戰術。

「狀況我大致了解了。在外頭的我們貫徹聲東擊西的任務，基本上讓他們由內側擊潰敵營比較好。儘管相對的他們的負荷也會加重——米雅拉，妳可有異議？」

「沒有。我等這次應該也能夠大展身手。」

米雅拉一臉自信地承諾。她和約翰接著花了幾分鐘討論作戰計畫細節，在即將談完的時候，又有傳令兵抵達。

接獲報告，米雅拉微微皺眉。

「——很抱歉，約翰。還有另一件事需要向你報告。」

「——你說什麼？」

「是不太好的消息？」

「沒錯。在可能成為人質的重要人物名單上多了一個新名字。」

米雅拉露出半是緊張、半是疑惑的神情，說出那個名字。

「阿納萊．卡恩。數年前從帝國逃亡至此，自稱是『科學家』的怪人。」

*

另一方面，說到他本人——這次也和可憐的助手一起置身於瀰漫著嗆鼻發酵氣味的黑暗中。

「唔。真傷腦筋。」

在調低光量的遠光燈朦朧映照出的空間中，老賢者仰望低矮的天花板。他的眼前是和文化館職員借來的光精靈，已經死心認命的助手巴靖則和他的搭檔火精靈拉喀一起躺在另一頭。

「怎麼了，巴靖？你格外地冷靜啊。這次不連我的份一起驚慌嗎？」

「再怎麼說也習慣了……直到逃離帝國為止，也不知體驗過多少次類似的經歷。」

因為生悶氣躺著不動也躺膩了，巴靖在黑暗中緩緩地坐起來。他像老人一樣仰望天花板喃喃地說。

「不過，這場叛亂發生的規模如何？希望奈茲納他們沒被波及。」

「唔。似乎是王國復興派掀起內部糾紛，但齊歐卡沒天真到輕易容許他們奪走首都吧。剛才過來巡邏的傢伙看來也是不習慣動武的民兵，我判斷他們鎮壓的地區並不大。」

「那麼，就此等待軍方救援較為妥當吧。就算演變成持久戰，存糧也多得像座小山。」

巴靖說著望向背後的櫥櫃。成為濃郁發酵氣味源頭的櫃子裡，塞滿了顏色大小不一的各種麵包，周遭還堆著大量的麵粉。

「……受國家委託開發，可長期保存的耐飢口糧麵包。雖然是還在追蹤檢查中的試作品，沒想到會以這種形式派上用場。」

「要確實從製作日期較早的開始吃。是否腐壞或發霉自不用說，口感的乾燥程度及味道好壞也別忘了紀錄下來。那可是重點。」

「是是是。博士對味道真講究，委託明明沒要求到這個部分。」

「『如果連三餐都難吃，戰爭就毫無救贖可言』──巴達說過這句話。」

阿納萊懷念地說，從吃到一半的麵包上撕下一口份量。

「我也很清楚，高品質食物對士兵帶來的影響絕對無法忽視。再加上像這種保存食品用途未必僅限於軍事運用，在未來遲早將發生的飢荒中，或許能充作餵飽民眾的糧食。」

「博士說得好聽，不過我可是知道喔。比起這種『對社會有益的開發工作』，你現在明明很想分心去研究長在麵包表面的霉。」

說完之後，巴靖不由得發笑的哼了一聲。阿納萊不高興地把手伸進擺放實驗作的櫥櫃，拿起一個發霉的麵包湊到助手面前。

「那你不好奇嗎？這些紅色、藍色、黃色的五彩繽紛玩意是從哪來的！明明身為科學家，卻不盼望一窺我們肉眼難以觀測的微小世界嗎！」

「哇，好難吃！博士，放了醋的麵包無論再怎麼調整還是很難吃。」

「正因為如此，現在需要製造更精密顯微鏡的預算……喂，聽我說話！」

就在阿納萊當真發火大喊的瞬間，天花板上傳來嘎吱嘎吱的震動聲響。兩人同時仰望頭頂。

「……他們發現了？」

「噓……！……都是博士大聲嚷嚷……！……」

「誰叫你不聽我說！」

兩人依然學不乖地繼續小聲爭辯，這時聲音自頭頂傳來。

「——躲在那邊的，是阿納萊．卡恩博士嗎？」

被點名的老人面露狐疑之色。巴靖拿起櫥櫃裡的麵包刀，準備面對最糟的狀況。也許是察覺兩人提高戒備的氣息，自天花板傳來的說話聲換了語氣。

「請不必緊張，我是齊歐卡軍的人，是前來救你的。剛剛有聽見交談聲，你的助手也在下面嗎？」

阿納萊和巴靖面面相覷。如果事情是真的自然求之不得，但是否可以相信這個人？

「現在出來還有危險。我也有事想告訴兩位，能不能讓我進去叨擾一會？」

考慮幾秒之後，由於外面聽不出複數呼吸聲，阿納萊打開了通往研究室地下室的暗門門鎖。若是王國復興派想騙他們上鉤，就算不肯開門敵人也會強行闖入——一方面也是因為他乾脆地如此判斷。

「這裡……看來像是麵包店的地下倉庫。儘管上面也差不多。」

一名蒙面遮住半張臉的瘦削男子走進黑暗。他的衣著乍看之下和復興派民兵相同，但阿納萊在最初數秒便看出對方所言不假。他的一舉一動都十分洗鍊，水準是用來湊數的民兵難以達到的。

感覺到情況好轉讓老人哼了一聲，拿起放在附近的麵包給對方。

「要不要吃一個？我正在開發的軍用保存食品，聽聽軍人的意見。」

「我剛才聽到有人喊難吃，而且又正在執行任務……比起這個，說到軍隊糧食，我個人希望博士能考慮引進米。」

「米的供應量不穩定，很難判斷啊。帝國有一片產米的糧倉，米卻依然幾近被當成奢侈品看待。雖然我認為別拘泥於小麥，開闢更多水田也不錯，但小麥也有它難以放棄的優點——」

由於對方有所回應，阿納萊也得意忘形地談論起來。巴靖頭疼地插入對話。

「這種事情晚點再談，總之先來確認狀況吧……那麼，嗯——」

「我是齊歐卡陸軍少尉莫恩・拉凱。請叫我拉凱。」

自我介紹後，自稱拉凱的男子很快地開始說明情勢。王國復興派武裝占領諾蘭多特市東部第六區，帶著許多人質一起死守在這棟文化館內。包含他在內的齊歐卡軍部隊以盡早解決事件為目標分頭散開。

「——原來如此。嗯，大致上如我所料。」

「政府方面希望在進入談判僵局前迅速鎮壓反叛軍，奉體察政府意向的指揮官之令，我等接下來將掃蕩敵軍。儘管我等準備極力節制戰鬥，但發生一些衝突在所難免。到時說不定會有流彈亂飛，請兩位在這裡躲藏到一切結束為止應該是最好的方法。」

「我們可以躲著，但其他人質怎麼辦？你說有超過兩百人被關在這棟建築物內吧？」

「我軍將在掃蕩民兵的同時放人質逃往面向幹道的南邊。外頭的部隊也會聯合行動，想來大多數人皆可平安逃離。儘管無法斷言不會出現犧牲者……」

雖然繼續流暢地說明，但拉凱默認，考慮到要救援的市民人數，不得不接受一定程度的不確定因素。

「你不想把犧牲人數降低到接近於零嗎？」

看出他果斷的想法，老賢者大膽地提案。拉凱狐疑地揚起眉毛。

「……博士有什麼主意嗎？你足智多謀的事蹟，我也多少聽說過。」

「只是大談我有多古怪時順便一提的吧。唉，這無關緊要。我很清楚潛入內部的你們人數比和部屬在此的敵軍來得少，因此必須盡可能有效率地除掉以數量取勝的敵兵。而你們多半打算利用這棟文化館的結構來戰鬥。關鍵字是聲東擊西與分割——自敵軍空門大露的背後奪走人質。怎麼樣，我可有說錯？」

這回拉凱驚訝得瞪大雙眼。眼見他的反應，阿納萊加深笑意往下說：

「我想你們早就知道，這棟文化館的構造有點變形。」

老人扯破附近的麵粉袋將麵粉灑到地上，用手指畫起地圖。

「房子內部像這樣劃分為北館和南館，兩者之間只有一條狹窄的走廊作連結。因為原本只有南館，北館相較之下是近期增建的。這代表在北館的人要和南館的人連絡，需要依靠唯一一條連結走廊。」

拉凱頷首。阿納萊的指尖指向那唯一的走廊。

「只要盡可能吸引大量敵人前往北館再截斷這條線，就能分割他們。這部分交給你們處理，人質集中在南館——這間地下室所在的區域，所以剩下的問題全在於如何清除這一側的敵兵。好了，我有一個提議——」

接下來，老賢者的說明聲占據了三人的對話。

「……這種事真的可行？」

「我以科學家之名保證。不過，關於你擔心是否真能辦到的部分，即使失敗損失也不大。通往這裡的走廊是條稱不上寬敞的單行道。光是誘使對方派兵力過來這裡就算有意義——只要占領出口，這裡是阻擋大批人馬的絕佳地形吧？」

拉凱分析對方的說法後謹慎地點頭同意。他從老人的提議中看出保持作戰大方向不變，又能獲得更有利結果的可能性。

「由於是奇襲，在最開始行動的幾分鐘是你們占優勢。在這段期間內將大半敵兵引到文化館北側，清除留下來監視的民兵釋放人質。這部分的狀況得看你們的身手而定，但是——要是那個機關順利運作，我保證工作會輕鬆許多。」

說到此處，阿納萊重新轉向助手拍拍肩膀。周遭依舊一片黑暗，但巴靖不需用眼去看也很確定，博士正露出像頑童般的笑容。

「就讓我們給他們上一課吧，巴靖。麵包的原料也可以變成可怕的武器。」

＊

不知道現場正發生這樣的化學反應，此刻白髮將領終於要將他擬定的作戰計畫從準備付諸執行。

「——時間到了。米雅拉，妳也率領部隊行動吧。」

「包在我身上。約翰你也要小心。」

接獲命令的米雅拉挺直背脊敬禮，颯爽地上馬疾馳而去。卡夏板著臉目送她的背影離開，小聲地詢問身旁的青年。

「……這一次要打了？」

約翰立刻轉向她攤開地圖，蹲下來配合少女的視線高度。

「卡夏小姐，我來特別專為妳說明我正要進行的作戰計畫。」

卡夏的身子無意識地往前傾。聽到「特別專為你而做」，幾乎沒有小孩會不開心的。

「首先——現階段王國復興派的人集中在兩個地點。那就是我們眼前的——位於那些傢伙鎮壓地區正中央的文化館。」

「我沒有看過文化館。」

「想成一棟比妳家大很多的房屋就行了。妳的爸爸媽媽都被關在那裡，房屋內及周邊大約躲藏著六十名我派去潛伏的同伴。」

這件事要保密喔，約翰豎起食指抵著嘴唇——既然地點在不缺潛伏地點的市區，以少數人占領廣大區域的王國復興派，等於毫無辦法防止亡靈部隊侵入。

「我們假裝從這裡發動攻擊，使眼前的傢伙把所有注意力放在迎擊上，讓屋內的同伴趁機行動救出被抓的人。妳爸媽他們重獲自由後將離開屋子，往前筆直地逃跑。」

即使是十分簡化過後的說明，卡夏這樣年紀的小孩理解起來也頗為費力。少女全力運轉小小的腦袋掌握他所說的內容，一臉不安地回望著約翰。

文化館結構略圖

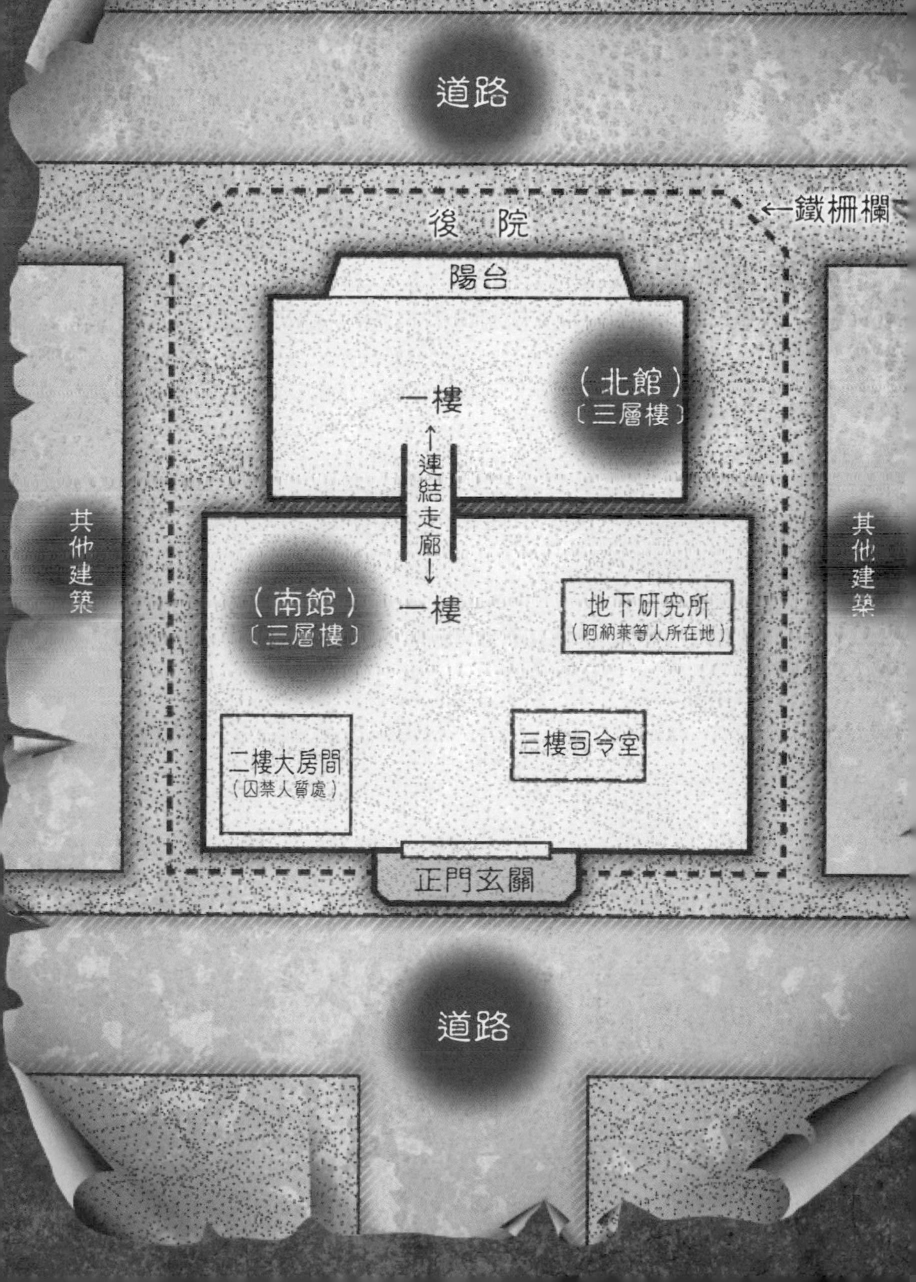
道路
←鐵柵欄
後院
陽台
其他建築
（北館）
〔三層樓〕
一樓
↑連結走廊↓
一樓
其他建築
（南館）
〔三層樓〕
地下研究所
（阿納華等人所在地）
三樓司令室
二樓大房間
（囚禁人質處）
正門玄關
道路

「……媽媽她跑不快啊。」

「不必擔心。我們也會從這邊過去接人。」

約翰如此承諾，將地圖收進懷中颯爽地轉身。

「……如果那些傢伙不顧顏面地拿人質當肉盾就麻煩了。為了避免這種情況發生，內部潛入班的迅速行動是關鍵所在。」

這句話已是獨白而非對少女的說明。和所說之事相反，白髮將領臉上沒流露一絲不安之色，無畏地揚起嘴角。

「既然誇口敵軍和稻草人沒兩樣，這種程度的人數差距就靠你們翻轉了，可靠的亡靈們。」

＊

駐守在文化館內的王國復興派大半是民兵，但他們也具備基本的指揮系統，以身經百戰的退伍軍人為首的幹部們在相當於司令室的房間內坐成一排。

將部下們提出的狀況報告全部考慮過一番後，擔任司令官的男子重重嘆息。

「……沒想到沒成功封鎖索涅波路。只要堵住那裡，就能大幅減少敵人的侵入路線啊。」

「非常抱歉。根據報告，他們因為同伴的馬車在搭建路障時失控而分神，被敵軍打個措手不及……」

「不必找藉口。無論如何，都得晚點再追究責任了。」

打斷部下的發言，擔任司令官的男子以嚴厲的目光環顧坐成一排的眾人。

「我等甚至還沒站上起跑線，先牢記這個事實吧。為了將這個占領區域建立成加倫姆民族的占有居住區，我等必須以『請求提供協助的』市民為材料和國家談判。想要逼那個執政官坐上談判桌，這個死守據點必須在軍事上是牢固的。牢固到足以讓他判斷『用武力攻陷風險過高』的程度。」

當司令官說到一個段落，一名幹部舉手發表意見。

「既然重視印象，那不是殺掉一個異民族的人質示眾就行了嗎？」

拚命按捺想抱住腦袋的衝動，司令官搖搖頭。

「……我沒有說要性急壞事。聽好了，我等是秉持人義發起行動。在名義上，並非叛亂而是示威——僅僅是對齊歐卡政府的抗議活動。這棟屋子裡的市民不是人質，而是『請求提供協助的』抗議活動的人。這就是禁止無意義地攻擊市民的理由，你們要理解。」

「退伍軍人拿風槍抵著市民，用這套說詞解釋實在說不過去啊。乾脆豁出去坦承是叛亂還好一些。」

「斷然說出這種話想必很痛快。但這麼做，我們還有未來嗎？」

這句反擊令幹部詞窮。司令官狠狠地瞪著他往下說：

「我再強調一次，這場變革只靠武力無法達成，需要政治的支援。有許多潛在的勢力反對現任執政官推動的同化政策——特別是解散占有居住區這一點。這場示威必須刺激到那些人的自尊。『找回加倫姆人得以作為加倫姆人生活的地方』——別忘了這是我等的口號。」

這次他們能聽進去多少？司令官一邊說服，內心一邊不由得失望地想。如今在他們的陣營裡，沒認清自己只不過是少數過激勢力，一切都想用暴力解決的傢伙太多了。

「只要占有長期化構成既成事實，議會內的情況必然有利於我方，對執政官強硬手腕的不滿應該會一口氣爆發出來。如此一來，使親加倫姆的議員就任執政官的目標也將大幅躍進。這代表重建王國的路線也能夠上軌道。作為達成目標的第一步，我等非得盡可能穩當又頑強地堅守住這個區域。」

司令官很有耐性地指出他們接下來要走向的多個步驟。然而，大多數幹部對於這種迂迴的做法並不滿意，反應不怎麼好。

「占領區域的狀況不穩定，甚至連這樣的思想都無法展現給社會大眾……你們要先做好工作。善待市民，有什麼怨言我晚點再聽。」

顧及事到如今再長篇大論地說教只是帶來反效果，司令官匆匆結束話題。幹部們一臉不滿地起身走了出去。

關上的門板彼端傳來他們咂嘴的聲音，司令官心頭火起，這次一拳砸在桌面上。

「都如此仔細說明了還擺出那種態度！真受不了……儘管缺乏人才無可奈何，民兵的急性子真是不可救藥！」

由於周遭只剩從現役時代至今的知己，他終於吐露真心話。靠少數退伍軍人指揮大多數民兵

——是他們現今的處境。儘管主要任務為監視人質而非直接戰鬥，血氣方剛的民兵管理起來頗為麻煩。

體察司令官的辛苦，周遭的部下們剛要開口鼓勵長官時，有同伴臉色大變地衝進屋內。

「——報告！文化館北面發現敵蹤！躲在暗處看不清正確人數，但推測規模超過一個排！」

司令官臉上浮現緊張。現在不是感歎同伴不明理的時候。

「已經潛入防衛線內了嗎？但這種程度還在預測之內。叫士兵往北面集中以射擊做牽制！這邊有人質——不對，提供協助的市民在，反正那些傢伙沒辦法殺進來！」

為了使部下放心，他斬釘截鐵地下達指示。得令的傳令兵正要跑回去，又有另一名民兵慌張地出現。

「報——報告！部分士兵在這裡的地下室與敵兵接觸！」

「接、接觸？敵軍規模呢？」

「不清楚。巡邏士兵發現疑似敵人的蹤跡，迅速掉頭折返……」

這次司令官沒有立刻回答。僵硬數秒鐘後，他激動地搖頭。

「——不可能！雖說以民兵為主體，好歹監視者也有百人之多！竟然容許敵人潛入屋內，你們眼睛瞎了嗎？」

「我、我贊同您的看法……目擊敵兵的士兵懷疑有密道存在。既然是從地下室出現，那裡可能有通往屋外的路徑……」

聽到部下提出意料之外的可能性，司令官神情苦澀地沉思。

「……的確，倒不是沒有可能。文化館是不時有重要人物來訪之處，無法斷言這裡沒有為他們準備的緊急逃生口。我們事前應該仔細檢查過……可是……」

不管再怎麼考慮周詳，也無法完全避免漏掉的可能性。司令官花費十幾秒鐘接受這個事實，終於發出指示。

「……無論如何，最好排除這種可能性。好，派人前往那間地下室！為防遇敵，派二十人過去！」

自傳令兵口中接獲命令的民兵們，行動與小心謹慎相去甚遠。

「——上頭命令我們確認狀況！手邊有空的人集合，二十個人一起過去！」

「好。剛剛說看見敵兵的人是你，負責帶路去那個地方！」

「喔，包在我身上！」

身材瘦削的民兵——不，是扮成民兵的拉凱活力十足地回答。他一開始就跟真正的民兵交換身分，碰到點名也不會被拆穿。

順利上鉤了。他在心中暗自發笑，按照事前的安排帶著大批民兵走下樓梯。文化館地下有條通往多個房間的走廊，走廊盡頭是分配給阿納萊他們的臨時研究室。

「這個房間嗎……上次進去的時候，不知為何四處散落著麵包。」

「我先進去了！」

不給人繼續思考的時間，拉凱衝進室內。雖然對這個不瞻前顧後的魯莽傢伙感到傻眼，既然他主動迎向危險，民兵們也沒有抱怨。他們在確認沒有敵人迎擊後踏入房間。

「喂——你們看這個！」

拉凱立刻指向一樣東西。走過去的民兵一起納悶地歪歪腦袋。

「這是啥？麵粉袋？」「堆了好多。」「上次查看時可沒有啊。」

房間一角堆滿了大量的麵粉袋覆蓋整個角落。在難以理解這一幕代表什麼的民兵面前，拉凱搶先說出自己的解釋。

「挪開這些麵粉袋，另一頭肯定有密道沒錯！——喂，大家也來幫忙！」

那毫不猶豫的口氣，讓民兵們也認同說不定真是如此。他們一抬起麵粉袋，袋子立刻破裂撒出麵粉。民兵們在飛舞的粉塵中驚叫，只有拉凱一個人繼續拚命作業。

「哇——喂，冷靜點！有幹勁很好，但到處是麵粉誰受得了！」

「說那什麼悠哉的話，不現在馬上堵住暗道，說不定會有敵軍出現！這點粉末就忍一忍！吸進多少麵粉也不至於死人！」

因為拉凱太激動地搬動袋子，室內空氣變得一片白茫茫。從這片景象看出時機已到，他鑽過嗆得咳嗽的民兵之間，若無其事地回到房間入口。

「下腳處越來越少了，得將麵粉袋搬到後面才行。喂~還在走廊上的人！別偷懶，進來幫忙！」

將留在走廊上的民兵推進房間內，就完成了最後一步。拉凱幾乎是獨自一人走出房間，直接輕輕關上門。

「——？喂，為什麼關門？」「等等，別擠！」「就算你這麼說，到處是粉前面也看不清——」

在最前面作業的民兵忽然在瀰漫粉塵的另一頭發現一個小身影。

「——嗯？你是誰的搭檔？」

一個火精靈孤零零地待在那裡，在捧著麵粉袋的民兵注視下舉起雙手自「火孔」點火。

「————咦？」

剎那間，同個空間內所有人的視線都被灼熱的閃光淹沒。

「「「「「嘎啊啊啊啊啊啊啊！」」」」」

皮膚和眼睛被火灼燒的民兵們口中迸出慘叫。沒有人知道發生了什麼事，狹窄的地下室一瞬間化為悽慘的地獄。

「啊、嘎……！」「好燙！好燙啊啊啊！」「嗚喔喔喔喔喔喔！」

「怎麼、究竟是怎麼回事！」「可惡，開門！放我出去！」

全身皮膚燒傷的十九人推擠著湧向出口。然而門從外面被牢牢堵住，一動也不動。強烈的暈眩感在他們設法轉開門把時來襲，腳步也搖晃起來。

「嗚，頭好痛……」「喘不……過氣……」「水……誰給我、一些水……」「……」

敲打門扉的力道漸漸減弱，不久後連抓門聲都戛然而止，室內完全陷入沉默。從門板另一頭感受到寂靜的氣息，提出這個計策的老人哼了一聲。

「看來很順利。」

耳朵貼著門板的拉凱點點頭轉過身。

「連慘叫聲都聽不見了……你是魔術師嗎？」

「別亂開玩笑，這是堂堂正正的科學技術。」

對不當的讚賞表達憤慨，阿納萊不等人問便開始說明技術內容。

「這一招我命名為小麥炸彈。是指像麵粉一樣的細微粒子大量散布在空氣中，這時點火燃燒效率將大增的現象。依條件而定，威力足以殺傷人命。」

「為了找出條件，做實驗時面臨性命危險的次數也不止一兩次。」

巴靖從後面小聲地吐槽。老賢者大聲清清喉嚨做掩飾，繼續往下說。

「再加上缺氧。不僅急驟的燃燒耗盡密閉空間內的氧氣，又有大批傷患持續猛喘著氣。裡頭的傢伙應該全部昏迷了。」

拉凱聳聳肩。他的眼神已極度驚愕到露出認命的神色來。

「……就算聽完說明，我還是只覺得這是種魔術。從沒聽說過小麥可以打倒人的。」

「你明明不算特別笨，既有的成見還真棘手。這樣如何，要不要到我手下來學習科學？我來把你頑固的腦袋變得靈活一點。」

「好可怕的邀約。等這件工作結束後，我會考慮。」

任誰都聽得出他說的是客套話。不顧遺憾地撇撇嘴的阿納萊，拉凱望向走廊另一頭。

「我要回上頭去，兩位請留在地下直到逃脫準備完成。真的沒有發生火災的風險吧？」

「沒有。沒剩多少氧氣怎麼可能燃燒。」

老人像闡述自明之理般說道。對他的態度再度心生敬畏，影子的成員直視前方切換心境。

「無論如何都很感謝，託兩位的福，讓工作變得輕鬆了——那麼，請稍待片刻。」

「……去地下的傢伙還沒傳回報告嗎？」

等待好幾分鐘都沒收到後續報告，司令官十分焦慮。連做個確認都讓人這麼焦急，乾脆自己過去親眼看看——當司令官在衝動驅使下正要站起來，傳令民兵勉強趕到。

「來自地下的報告。那裡正如先前所憂慮的發現了密道，前往確認的二十人正展開封鎖作業。」

這份報告讓司令官瞪大雙眼開口。

「真的有密道嗎……能夠在發生致命問題前堵住，是不幸中的大幸。」

原本以為十之八九是部下看錯，報告內容雖然使他吃了一驚，但想到已先採取對策因應，他鬆了口氣。在場沒有任何人發現，事態已在水面下惡化到無法挽回的地步。

「來自館內北側的聯絡。那邊正持續進行牽制射擊，但敵人毫無撤退跡象。希望不要減少人手，讓他們繼續戒備。」

「可以。不過，派往地下的二十人沒回來，館內兵力有些薄弱……」

不自覺地抖了一陣子的腿，輸給不安的司令官終於從椅子上起身。

「總覺得心裡忐忑不安。我也到市民聚集的大房間去，萬一他們趁著混亂打起歪主意那就頭疼了。」

他像對自己找藉口似的喃喃地說，帶著兩名部下離開指揮所。前來傳令的民兵——喬裝的拉凱也若無其事地跟在後頭。

包含他在內的四人下到一樓在走廊上前進，抵達監禁市民的大房間。一打開門踏進去，許多充滿害怕與不安的目光迎向他們。面對這種狀況也毫不退縮，司令官堂堂地開口。

「我是抗議團代表布凱歐斯。很抱歉使各位必須忍受不便，不過請明白，我們毫無粗暴對待各位的意思。相對的，如果有什麼不方便之處請儘管說出來，想照顧孩子的婦女，隔壁也有哺乳室。」

正如要部下鄭重對待市民的指示，他的態度遠比民兵紳士得多。拉凱在心中嘆息——既然如此分得清輕重，那就從復興故國的幻夢中醒來啊。

「司令官閣下。我也可以提出一個請求嗎？」

拉凱看準時機緩緩地走過去攀談。被人從意料之外的角度搭話，司令官不快地皺起眉頭。

「喂，別開玩笑了。我正在向市民們——！」

話聲到半途中斷。被拉凱一掌重拍在下巴上，司令官的意識倏地飛向虛空。

「就這麼入睡吧……我想你應該聽不見了。」

拉凱不帶感情地訴說，從指揮所跟來的兩名部下臉色大變地拿起風槍。

「你、你！」「到底想幹什麼——？」

槍口抵上兩人背部。動手的是從背後偷偷靠近的民兵——和拉凱一樣喬裝潛入的「亡靈部隊」成員。

同一時間，大房間內的復興派勢力全體被解除武裝。在短短幾秒內奪走主導權，拉凱面對錯愕的市民們淡淡地開口。

「各位市民，請保持肅靜——我等是齊歐卡軍救援部隊，前來救出各位。正如你們所見，反叛勢力頭目已喪失反抗能力，接下來我等將送各位前往安全地點。為了讓家人看到各位平安的樣子，請依照我的指示行動。」

在他眼神示意之下，影子們立刻奔向市民，用小刀抵住以三人為一組綁在一起的腰繩。

「接下來我等將依序割斷各位的腰繩，鬆綁的人到那邊排隊，直到我下令前不可以動。如果亂動的話，我無法保障性命安全。我明白各位焦急的心情，但請保持冷靜。在這種案例中，因逃跑時的混亂造成犧牲者並不稀奇。」

拉凱在冷靜的口吻中加入危險的詞句，震懾眼前的市民。

擊退當前的敵兵後，現在最該防備的情況轉移到市民失控自取滅亡上。處理沒受過統一訓練的民眾集團，比戰鬥更加消耗精神。

「……真是的。」

如果至少在初等教育階段讓所有民眾學習集體行動的基礎知識，影子們也不必那麼辛苦。回想起現任執政官將這些知識也囊括進課程內的教育政策，拉凱蒙面下的臉龐浮現苦笑——在這樣的場面發現了希望現今政權持續下去的理由，這個事實讓他感到可笑至極。

「冷靜下來後按順序等候。別擔心，時間還很充裕。」

＊

「——指揮所傳來指示，要我們以原班人馬繼續戒備。」

當靠文化館南邊的大房間狀況產生變化，在反方向的北邊持續射擊戰的民兵們，收到偽造的司令官命令，要他們繼續迎擊。

「不必見到異民族的傢伙真是幫了個大忙。看見他們我就想一腳踹過去。」

「我有同感。再繼續多待在一個屋簷下幾天，我可沒信心息事寧人。」

占駐紮文化館兵力過半數的民兵裡，包含許多僅僅想利用大義名分肆意施暴的傢伙。這些只要朝敵人開火就滿足的傢伙，對於發生在看不見之處的事情不怎麼在意。

這次的作戰關鍵就在於這一點。影子們放出的假消息，配上民兵素質低落及館內南北兩邊除了一條走廊，外在物理上隔絕的事實，使在場所有人被分割開來。

「你們真蠢，到礙事的人盯不到的地方折磨那些傢伙就行了。比方說去廁所的時候，異民族離開大房間的機會多得是吧？」

「好主意。我今晚就來試試。」

卑劣的提議引起一陣笑聲。直到一切都太遲的時候，他們才發覺再也沒有機會折磨抓到的市民，此刻尚且一無所知。

*

「後方似乎吵吵嚷嚷的……是文化館那邊發生了什麼事？」

在與耍得團團轉的民兵們相隔一段距離的占據區域外圍，反叛勢力主力駐守的一角，忽然感到不對勁的士兵望向背後。

與防守文化館的粗劣民兵不同，這裡配屬的是受過正規訓練的士兵們，沒有遲鈍到對後方異變毫無所覺的地步。

「如果需要援軍，後方應該會派傳令兵過來，好了，專注在眼前的──」

但在與眼前敵兵互相射擊的狀況下，難以深入思考不對勁的感受所為何來。一名士兵重要的發現被戰場的緊張感沖走，幾秒鐘後就被當成沒發生過一樣。

「敵方部隊自正面接近！全員舉起武器！」

指揮官開口下令。敵軍越過路障傳來的氣息更增壓力，目睹那樣武器跨越漫長坡道接近，一名視力優異的士兵以變調的聲音通知。

「隊長，是爆砲！」

「別慌張，只有一門！這裡是諾蘭多特市內，國軍無法進行很可能破壞首都街道的砲擊戰！那些傢伙的目的是局部破壞路障！」

這個可能在事先預測範圍之內，他們的指揮官並未動搖。比起在沒有居民的地點展開野戰，現在這種城市戰在戰術上受到的限制更大。相較於國軍屬於少數勢力的他們，要利用這些限制找出勝算。

「砲口正對準這邊！他、他們打算這麼近距離開火……？」

「別退縮！全員往左右散開！」

指揮官謹慎地判斷砲身動向，命令部下們閃避。若是好幾門大砲並排堵住馬路那便無計可施，但只有一門的砲擊不構成威脅。

砲門在士兵們左右散開後不久噴火，射出的砲彈擊中路障正中央。作為障礙物的木材有四分之一粉碎迸散，但沒有人員傷亡。司令官激勵恐懼砲擊聲的部下，命令他們反擊。

「別害怕，趁現在衝鋒！壓制爆砲！別讓敵人發射第二發砲彈！」

裝填第二發砲彈需要很長一段時間，趁隙壓制、奪取爆砲是他們的反擊計畫。體察長官意圖的士兵們越過路障發動襲擊——疾馳出現的馬匹，擋在勢頭正猛的他們眼前。

「什——！」「嗚哇啊啊？」

少了路障保護的步兵毫無還手之力地被全力奔上坡道的騎兵沖散。一名女子在馬背上宣告，為這宛如惡夢般的景象做總結。

「——投降吧。只要投降就饒你們一命。」

判斷對手戰力已被削弱到不可能繼續交戰，米雅拉．銀少校催促他們投降。復興派指揮官無法接受狀況，臉頰抽搐不已。

「……怎麼可能。一點也沒看到這種規模騎兵隊調動的跡象——」

「如果只顧著監視地圖上有標示的道路，大概會這樣以為。」

米雅拉半是自豪、半是疲倦地回答……從民宅庭院到民宅的私人道路、從無人知曉的小路到人人都避開不敢走的小路。多少次低頭向私人用地被騎兵經過滿腔怨言的市民道歉，她終於避開敵兵耳目率領騎兵排穿越至此地。與華麗的結果相反，這也是種需要毅力的戰鬥。

「凡是馬匹能走的路應該全部檢查過了！你們究竟——」

「這只是馬術的熟練度，以及更重要的，面對戰爭的態度有根本上的差異而已——不准再說廢話。」

米雅拉打斷對話，從馬背上向對手舉起弩弓。這一來復興派指揮官也承認戰敗，將手中的風槍放在腳邊。確認之後，米雅拉點點頭揚聲喊道。

「鎮壓完畢——好了，快解除他們的武裝。完成之後，就去迎接市民們。」

「沒、沒關係嗎？像這樣大搖大擺地走在馬路中央。」

「不知道……不過，那個人叫我們這麼做。」

排成時不時亂掉的四列縱隊沿馬路南下的市民之間傳出這樣的竊竊私語。帶頭引導他們的拉凱在此時停下腳步說道。

「看來有人來接我們了。」

跟在拉凱後面的阿納萊和巴靖注視著馬路前方。不久之後，便能看見一個騎兵排正迅速接近。雙方的距離轉眼間縮短，抵達市民們眼前的騎兵隊形整齊不亂地停住。

「各位久等了。齊歐卡陸軍少校米雅拉·銀以下共四十人，從現在起接手市民護衛工作。」

出現在隊伍最前頭的米雅拉從馬背上敬禮。拉凱以帶著親近的目光仰望她的臉龐，也微微頷首回應。

「那就放心地交給你們了。而我要掉頭——回到一直在聲東擊西的同伴們身旁。」

雙方就此結束對話，拉凱如宣言般轉身準備回文化館。與他擦肩而過之際，阿納萊拍了一下手掌。

「——我想起來了。你以前是『那邊』海軍的青年軍官吧？」

拉凱猛然停下腳步。對著因突如其來的指證而僵硬的他，老人繼續列舉回想起的情報。

「記得是叫剛隆少校？我就覺得好像在哪裡看過你，原來是訪問港口基地時曾見過幾面。在亮處看見你的臉我才總算確定，沒想到你是諜報方面的人。居然跨國重逢，真是奇緣──」

「──博士。雖然我聽不懂你在說什麼，還請到此為止。」

終於無法忍受的拉凱直截了當地制止對方說下去。那對他來說是重重的屈辱──作為亡靈的自尊心嘎吱作響，他對眼前老人的敬畏無止境地增漲。

「最後我想請教一個問題──你果然真的是魔法師吧？」

「我明明說過我是科學家！」

阿納萊憤慨地更正。那麼，科學家就是比魔法師更可怕的東西──從前自稱鄧米耶．剛隆的青年清楚地記住，總算繼續邁開步伐。

＊

「好──看來暫時告一段落。」

傳令兵送來市民們平安脫困的報告，讓白髮將領在相隔許久後放鬆肩膀的力道。

「這裡的封鎖工作交給第二連，第三到第五連回歸各自崗位，維持對被占領區域的包圍網。不可以給他們機會補給。」

做好理所當然的安排，約翰再次轉向身旁的少女。他柔和笑容的含意隱約傳達過去，使卡夏眼中也漸漸浮現喜色。

「妳很有耐心。我們去接妳的爸媽吧，卡夏小姐。」

＊

「……現場傳來報告。國軍派遣的救援部隊作戰成功，奪回所有被當成人質的市民。」

書記官的報告令議事堂的一室鴉雀無聲。原本準備的譴責台詞幾乎全部派不上用場，對現任政權沒有好感的議員們困惑地站起來。

「傷──傷亡情況呢？既然用武力強行奪回，想必造成了許多犧牲吧。」

「根據報告，在作戰中死亡的人全部出自叛亂勢力，市民與救援部隊只有少數人受到輕傷。國軍的計畫是繼續包圍被占領區域，催促叛亂勢力投降。」

沒有任何情報可以用來反擊的事實，使得議員們只能一臉錯愕。以背影接下這份沉默，站在窗邊穿深藍色西裝的男子也靜靜地開口。

「各位憂慮之事都已解決，真是太好了──看來我現在得以欣賞一下從這扇窗望出去的景色。」

喀鏘──隨著這句發言，男子手邊傳來金屬管解開的聲響。與他敵對的議員們赫然回神，同時叫嚷起來。

「沒錯！關於這個事件，我要連帶嚴厲批判你強硬的政權營運手法！只要還繼續滿不在乎地大刀闊斧整頓，未必不會再發生相同的狀況！」

這番話已沒有具體的批判對象，接連說出的台詞也相當於沒有意義的噪音。在迷失罷手時機的他們身旁，先前一直保持沉默的議員們開口。

「……瑪吉亞議員。剛剛的發言可以視為恫嚇嗎？」

「——什麼？」

被點到名的其中一人臉頰抽搐。另一名議員接著追擊。

「正是。在叫嚷執政官閣下有錯之前，你應該先擔心自己的將來。最近這陣子你似乎頻頻與加倫姆派閥聯繫啊。」

被指出這一點的議員臉上漸漸失去血色，直到剛才還一起出言奚落的傢伙也沒袒護自掘墳墓的同伴。反正愚笨到連攻守交替都沒發現的人，沒辦法在齊歐卡的政治環境生存下來。

「請隨意批判。任何意見我都會真誠地接納。」

至今一直面向窗外的男子緩緩轉向議員們。中等身材的他穿著不帶一絲皺褶的深藍色西裝外套與長褲，兩手拿著已解開的益智環。偏大的眼睛鼻子和嘴巴稱不上英俊，卻不知為何在見者腦海中留下難以忘懷的印象。

「不過，我在這裡。只要民意還想要我，這個事實就牢不可破。」

齊歐卡共和國主席執政官阿力歐．卡克雷。齊歐卡國民最熟悉的那張臉，擺出與內心想法完全分隔的政治家笑容。

一時的風暴無力地遠去，再也無人能撼動這名男子的笑容。

＊

「──街上的緊張氣氛減弱了。看來約翰那傢伙處理得很好。」

側眼看著路上行人鬆了口氣的表情，率領手邊一個排的壯漢塔茲尼亞特．哈朗喃喃地說。

儘管隨著約翰的發跡晉升至陸軍少校，他能夠帶進首都的兵力卻頂多只有四十人，更只有在碰到特殊情況需要增加警備人手時才獲准在議事堂周遭走動。而他們正得到這種罕見的機會。

「那是當然的。我們的老大不可能在這種地方犯錯！」

身材嬌小的副官米塔．肯席士官長全力挺起小巧的身體斬釘截鐵地說。哈朗幾乎是反射性地一手摸摸她遠比自己矮的頭。

「是啊。因為清楚這一點，我們從一開始心情就很輕鬆。」

「所以說！別隨便摸淑女的頭～！」

米塔士官長抓住放在頭上的手掙扎。兩人一邊打鬧一邊前進，不久後前方出現同規模的排，他們停下腳步。

「哈朗少校？警備任務的交班時間到了，你們是特地來接我的？」

「就是這麼回事，桑迪斯少校。」

哈朗親暱地攀談。對方是軍中同袍率領的部隊，名喚桑迪斯少校的同世代軍官也回應道：

「剛剛聽到一點消息，據說約翰．亞爾奇涅庫斯又立下了功勞。在市民被當成人質的棘手情況下依然立功，簡直把『能幹』穿在身上走在大街上似的。」

「加倫姆激進派也做了蠢事啊。約翰明明不可能輸給參雜民兵的烏合之眾。」

哈朗哼了一聲。桑迪斯少校也苦笑著點點頭。

「就是說啊──閒聊就到此為止，差不多該交班了，哈朗少校。」

「如果辦得到就好了──」

哈朗搔搔頭，原先親暱的氣氛一掃而空，他迎面瞪著對方的臉龐。

「──但這個挪不開啊，因為看樣子你接下來也正要做蠢事。」

部下從他兩側走上前舉起風槍。抬起一隻手制止背後正要應戰的部下們，桑迪斯少校神情不變地揚聲問道：

「……這是什麼意思，哈朗少校？你明白槍口對準友軍的意義嗎？」

「我的心情也很沉重。我們彼此並不陌生，可以的話，我想和你並肩作戰到最後。」

「那麼我問你，你懷疑我哪一點？」

「什麼懷不懷疑，我們首領早就看穿，街上發生的叛亂本身正是為了鎮壓官署設計的大規模聲東擊西伎倆。」

看見對方嘴角微微一撇，哈朗仍舊往下說：

「當同個市內發生那樣的事件，官署的警備程度必然會加以強化。平常不許進入市區的部隊，也能像這樣光明正大地進入諾蘭多特內……我認為這個著眼點不差，就以少數人壓制中樞的作戰計畫來說很合理。」

「猜疑也該有個限度。我為何要做出這種勾當？我的祖先是馬姆蘭騎馬民族，和加倫姆毫無關聯，也不記得顯露過對體制的不滿。前陣子選舉時，我才剛投過現任執政官一票。」

他寸步不讓地強調自己的清白，哈朗一臉嚴肅地搖搖頭。

「對現任政權有所不滿的不只加倫姆激進派而已……你無法忍受的，是擴及前馬姆蘭領土的農業推進政策吧？」

當他指出這一點，桑迪斯少校周身的氣息明顯為之一變。感覺到敵意和殺氣刺痛肌膚，哈朗平靜地繼續道：

「配合人口增加，目前處於發展期的齊歐卡需要確保足夠的農耕地。特別受重視的是當作主食的作物——即小麥，但擴展麥田需要更多的人力。不是在平原上與愛馬一起生活的騎馬民族，而是耕耘田地、和土地一起生活的農民。」

「…………」

「所以現在政府正推廣前馬姆蘭地區的遊牧民轉行務農，當然，有國家補助。拋棄馬匹拿起鋤頭——在你看來就成了這麼回事吧。」

桑迪斯少校咬得牙齒喀喀作響。示意部下們準備好隨時展開攻擊，哈朗說出結論：

「部分地區已有志願者定居並著手開墾。你故鄉那一帶似乎也預計要全面變更成農地……這讓你無法接受吧，桑迪斯少校，平原之民的後裔。」

沉默即是回答，再也沒有比這更強烈的肯定。

「姑且告訴你一聲，想隨便蒙混過去也沒有意義。我們是為了引出合作者才放你自由行動到今天，關於你罪證確鑿的證據已備齊。比起企圖在這裡說服我，不如老實等待軍事審判再辯解。」

暗示現在反抗也沒有意義可言，哈朗催促同袍投降。被逼到絕境的桑迪斯少校不久後擠出一句話：

「……放過我，哈朗。」

「…………」

「如果我沒記錯，你的祖先應該也來自馬姆蘭。那你應該明白我的想法──我無論如何都無法忍受，我等祖先昔日馳騁的大地被喪失民族自尊的傢伙貶為農地。」

哈朗沉默著沒有回應。分不清是肯定還是否定的沉默，令桑迪斯少校煩躁起來。

「不過──我更加無法原諒的，是出自馬姆蘭的大部分同胞甚至不對現狀感到憂慮！」

飽含憎恨的聲調震盪空氣，桑迪斯少校吊起眼角，面對面告訴比他高一個頭的同胞。

「我也清楚，多民族共存共榮是齊歐卡共和國的理念。可是哈朗，你敢斬釘截鐵地說這理念裡沒有欺瞞嗎？在為了增強人口及國力逐步最佳化的社會背面，我等過往的文化日漸磨損消失。記錄祖先英勇傳說的口耳相傳歌謠被改寫成一行行名叫歷史的枯燥無味文字，孩子們專心學習算數而非馬術，從前斟滿馬奶酒的酒甕早已用來存放黑色的葡萄酒。

更加便利、更加普及、更加合理的形式——只靠這些標語建構的國家，在我眼中看來無比令人發寒。哪怕未來有富裕繁榮的保障也是一樣。」

聽桑迪斯少校坦率地吐露心聲，哈朗嘆了口氣。真悲傷——他心中並未如對方預期的產生共鳴感。

「……我理解你的心情。別讓我太難做，桑迪斯少校。作為齊歐卡人的國民性，若不奠定在超越昔日六國傳承的高度就沒有意義可言。如果像王國復興派的傢伙一樣期望重建已經消失的故國根本沒法談。這件事你也明白吧？」

「…………！」

「我們必須建立的，是世上任何地方都還沒存在過的國家，這個目標位在拘泥於過往原地踏步終究無法企及的領域。像你這種人無論說了什麼，我都不會懷疑約翰想實現的理想。」

見他表明堅定不移的立場，桑迪斯少校面露失望之色。

「……我還以為你在最根本的部分也是我的同伴。」

「不好意思，沒符合你的期待。」

哈朗半是真心，半是諷刺地向同袍道歉。馬姆蘭各族聯邦，馳騁平原的騎馬民族——在不在乎祖先傳承的差異，是橫亙在兩人之間的鴻溝。

「由於體格關係，打從以前起只要我一上馬，馬匹就不樂意，因此我沒法喜歡上馬術。從軍之後，我也一直避開騎兵相關職務——要不是兜了這個圈子，我也不會遇見約翰、米雅拉和人在這裡的米塔士官長。」

「…………」

「我的傳承不在出身背景，而在於此。希望從今以後，像我這樣的傢伙愈來愈多。抱持這種想法的我，對你來說果然是敵人吧。」

哈朗迎面注視著對方宣言，他身旁的米塔士官長舉起風槍，要動手就動手——有段高低差的兩雙眼眸表明自身的覺悟。

「……無法阻擋時代的潮流嗎？」

鬆開緊握的拳頭，桑迪斯少校不甘心地喃喃低語。他沒有喪失理智到在會波及市民的市區進行毫無意義戰鬥的地步。

他帶領的排聽從勸告當場投降。那一天，諾蘭多特市內不再有更多傷患出現。

第二章

Alderamin on the Sky

英雄與科學家

不只限於軍隊，組織這種東西隨著規模擴大，管理的繁瑣將以二次函數比例程度增加，很快就會需要專門的管理部署，此時無法避免地應運而生的機關之一是後勤部門——主要任務為輸送物資與人員、建造與保養管理設施，被前線士兵們取笑是紙糊軍隊的一群人。

「啊～可惡！這樣會超出預算……！」

一名後勤部門的男性士兵對著放在桌上的文件堆反覆抱怨。除了常駐軍隊平時所需的物資，每次進軍申請的糧食也是由他們來安排。由於政府撥給的預算稱不上充裕，在預算範圍內回應前線的要求有時候極其困難。

「哪一筆？給我看看。」

一隻手從他背後伸過來拿走文件，士兵回頭一看，發現竟是傳聞中的白髮將領，錯愕地瞪大雙眼。

「Ｍｕｍ，鹽巴的進價估得太高了。告訴鹽商由軍方派人運貨，殺價兩成就行了。雖然說堅持交涉可以談到更便宜的價格，這裡還是刻意殺兩成就好。如果發現我們狠狠壓價，商人就會在鹽裡摻雜質充數。」

毫不在乎他的驚訝，約翰單方面地提供建議。對了，前任的同伴好像教過他這些訣竅。男性士兵總算回想起來。

「謝、謝謝——」

他正想道謝，背後卻不見對方人影。士兵慌張地環顧四周，發現白髮將領這回正對隔兩個座位的女兵提出建議。

「先別蓋那個章，那份文件上寫的補給地點37號倉庫應該在四年前就失火燒毀了。去調查運過去的物資流向何處，多半有無恥之輩盜賣物資。」

「是、是……！」

在他提醒下察覺可疑之處的女兵收回正要按到紙上的印章。「好～」像這樣到處給予好幾個人建議之後，約翰在辦公室正中央點點頭。

「看來沒有問題了。打擾各位了，繼續努力工作。」

只對錯愕的士兵們留下這句話，他便走了出去。一來到走廊，約翰就碰上四處尋找他的副官米雅拉。

「你在這裡啊，約翰……今天是跑到後勤部為所欲為？」

「哪有，什麼為所欲為說得太難聽了。我只是指出他們在工作上的瓶頸和不自然之處罷了。後勤部門是軍隊的腰腿，若不能運轉自如軍隊整體將陷入功能障礙。」

「話是沒錯，不過有些部署有人對你抱著反感，請注意別被人當成是無益的挑釁。」

米雅拉忠實地重複一遍明知說了也沒用的忠告。約翰沒有工作時愛去別處查看的習慣，任誰也不可能改變。

「前陣子王國復興派的叛亂，也因為你的活躍平安收場。儘管以你的能力來說這是理所當然的結果，從客觀角度來看卻有些太過引人矚目。暫時安分度日才是上策。在這棟建築物裡，嫉妒你的飛黃騰達想扯後腿的傢伙可是多得像座小山——」

「喂————！等一————下！」

就在她終於要正式開始說教的時候，尖銳的叫聲傳進兩人耳中。看見幾個士兵追逐著什麼跑過眼前，約翰很感興趣地開口：

「喔，怎麼了？不可以在基地走廊上到處奔跑啊。」

「亞……亞爾奇涅庫斯少將！還有副官銀少校也在，真是在兩位面前丟臉了。」

被叫住的士兵們匆忙敬禮。當約翰要求說明，其中一人為難地說了起來：

「那是……剛剛我們在檢查送達基地的郵件，從一樣貨物裡發現了不得了的東西——」

「找到了！這次一定要逮到！」

跑在前頭的另一名士兵喊道。約翰跟著他們一起跑過去，目睹意外的景象。

「惡作劇的丫頭，妳逃不掉了！看我把妳揪出來！」

「不～要～！讓我見約翰！我不是從剛才起就一直拜託你們嗎！」

年約十歲的眼熟少女對抓住她手臂不放的士兵咒罵。聽她還提起自己的名字，白髮將領立刻插口：

「——卡夏小姐？真是在意外的地方相逢。」

「約翰！」

發現目標人物，少女的臉龐迸出光彩。士兵鬆手後，她筆直地一路奔向約翰面前，周遭的人都愣住了。

「亞……亞爾奇涅庫斯少將認識她？」

「Yah，她是我的朋友。在前陣子的事件中表現得比任何人都更勇敢的女孩。」

約翰簡單地說明事情經過，表明少女是他的好友。得到支援的卡夏得意地挺起胸膛。

「然後呢，怎麼了，卡夏小姐？我很高興妳來見我，但躲進貨物裡可不太好。這樣會嚇到他們吧？」

「因為……我一開始想從玄關進門，卻被監視的人趕了出來。我想了很多該怎麼進來的點子，感覺這是最好的辦法。」

少女露齒一笑。原來如此，約翰點點頭後重新轉向其他人。

「Mum，聽見了嗎？她給本基地的警備制度帶來很大的啟發。以後大家要有心理準備，貨物中可能藏著人混進來。」

雖說卡夏是利用體型嬌小的優勢，但容許小孩侵入基地，代表我等的警備制度也有問題。明白約翰暗示的意思，士兵們沮喪地垂下頭。約翰自己也一邊思考著該提振何處的警備，一邊再問卡夏。

「我很清楚妳靠著令人驚訝的智慧漂亮地抵達這裡了。那妳見我想做什麼呢？」

「道謝！我還沒有好好地向你道謝。」

少女以天真無邪的語氣表明來意，重新對約翰綻放笑容。

「謝謝你救了我爸爸和媽媽，他們倆都沒有受傷。弟弟雖然哇哇大哭，現在已經恢復精神了。這全都多虧了你！」

聽她帶著燦爛的表情表達謝意，約翰也無意不解風情地教訓少女。他面露微笑蹲下來配合少女的視線高度與她交談：

「不客氣。我做的事與妳的努力相比微不足道，但聽妳這麼說我很高興。」

約翰伸手牽起卡夏的手，用眼神向一旁的米雅拉示意後，直接在通往樓梯口的走廊上前進。

「妨礙他們處理業務也不好，總之我們先出去吧。」

「剛剛那種狀況就叫引人側目。」

離開基地後，傻眼的米雅拉開口第一句話便這麼說。約翰也苦笑著點點頭。

「這一點就算是我也明白，所以才早早離開基地。」

「我很想說這是個英明決斷，但你接下來打算怎麼做？要送這孩子回家的話，我去備馬。」

米雅拉周到地提議，抓著約翰褲管的卡夏卻連連搖頭。

「不要～！我還不想回家～！」

「沒想到妳會這麼說……可是卡夏，太晚回家家人會擔心妳吧？妳有好好告訴父母要去哪裡才出門嗎？」

嗚嗚～大姊姊體察她父母心情提出的忠告，讓卡夏無話反駁。果然沒錯，米雅拉發出嘆息。前陣子的事件，似乎令這名少女學到在負面意義上的行動力。

「這樣不好。好，派傳令兵到她家轉告這段話：『令嬡正和齊歐卡陸軍少將約翰・亞爾奇涅庫斯在一起，傍晚時將送她回家，無須擔心』。」

聽到約翰說出口的台詞，米雅拉錯愕地轉過身。

「——你打算帶著這孩子行動？究竟是為什麼？」

「Mum，關於前陣子的事件，有一位人物我想和她一起過去道謝，現在正是個好機會。」

白髮將領露出大膽的笑容說道。從這番話中察覺某種意圖，米雅拉雖不滿依然接受了提議。

「那就出發吧——卡夏，這是妳第一次騎馬嗎？」

「你要載我？」

卡夏眼睛一亮。三人奇妙的路途從此展開。

＊

「喔～……我還是最習慣這裡的氣氛啊～」

啜飲右手茶杯裡冒著熱氣的茶水，阿納萊皺起老臉喃喃地說。

以巴靖為首的研究者們，擠在擺滿各種實驗材料及器具的雜亂空間中四處移動。這是位於諾蘭多特郊外的山丘上，受到齊歐卡政府資金援助成立，作為科學家們據點的研究所。

「真羨慕博士那麼輕鬆……我可是提心吊膽地怕國家要我們支付炸掉的文化館研究室的修繕費。」

「政府哪會來要錢啊。我們主動幫忙解決狀況，反倒該收一筆豐厚的禮金吧？」

「話是沒錯。在帝國的時候，不管做哪種實驗不都被拿去當成異端審判的材料嗎？我很難忘懷當時不愉快的記憶——」

和博士交談的同時，巴靖的意識集中在眼前的培養皿上，將玻璃吸管的溶液一滴一滴滴下去。此時——在作業途中，通知有客人上門的門鈴尖銳地響起。

「哇！——說人人到？」

「純粹是訪客吧，你冷靜一點，巴靖——請問是哪位？」

老資歷的女研究者奈茲納率先出去應門。打開沉重的大門，只見外頭站著兩名年輕軍人及一個小女孩——乍看之下十分奇特的三人組。

「我是齊歐卡陸軍少將約翰．亞爾奇涅庫斯，在前日的市區占領事件中擔當國軍的司令官。聽聞部下表示阿納萊．卡恩博士當時在作戰上大力相助，便和副官一同前來致謝。」

「哎呀，客氣客氣——令嬡也一起來了？」

奈茲納直接說出從這個組合直覺聯想到的答案，米雅拉聽到之後雙頰轉眼間泛起紅暈。

「不、不是的！這孩子只是一般民眾，我們是上司與部下關係──」

在驚慌失措到有趣程度的她身旁，還是老樣子的約翰說明道：

「她是我的副官米雅拉．銀，這孩子是在上次事件遭受波及的民眾之一。卡夏，妳懂得打招呼嗎？」

「懂！我叫卡夏．瑪斯庫斯，十歲！喜歡的食物是杏乾！」

卡夏活力十足地自我介紹。她天真無邪的模樣，讓奈茲納也露出笑容。

「怎麼看都不像是審判官呢──請進，說來難為情，屋裡有點……不，是相當亂。」

「什麼！『不眠的輝將』？」

一聽說訪客的身分，老賢者的情緒瞬間衝上沸點。

「千載難逢的好機會主動送上門啦！巴靖，去鎖門！在這裡碰上就是你的末日，在我充分取得傳聞中的不眠體質相關資料前──」

「不可能這麼做的。好了，先冷靜點坐下來，博士。難得人家過來道謝，不展現一點威嚴怎麼像樣。巴靖，去泡茶。」

奈茲納勸住失控的阿納萊，要其他研究者收拾房間，俐落地做好待客準備。在這群或多或少超脫世俗的研究者之中，她打從以前起便具備超越群倫的生活能力。

約翰很感興趣地環顧轉眼間整理乾淨的研究室。

「Ｈａｈ——儘管看過神學者們的研究室，這裡相比之下熱鬧得多，似乎還有許多從未見過的器具。你們在這裡進行『科學』嗎？」

「不只限於這裡。只要有應該觀察的對象、應該解開的謎團，該處便是科學的現場。」

阿納萊企圖照奈茲納所說的「展示威嚴」，挺起單薄的胸膛斷然說道。約翰走到他正前方，毫不猶豫地低下頭。

「失禮了，首先我要致上感謝——由於博士的幫助，我們得以將民眾的傷亡壓低到最低限度來完成作戰計畫。我想軍方之後會送來正式的感謝狀，但在那之前，先由我個人向您表達謝意。」

「很難講啊，說不定沒幫上什麼忙。作戰能成功是因為你的指揮十分高明。」

阿納萊這麼說並非謙虛，而是單純地陳述事實。感覺到他們談起「大人的話題」，卡夏開始靜不住地東張西望。

「約翰，我可以在室內到處看看嗎？」

少女在好奇心驅使下開口，奈茲納比約翰搶先一步回答。

「啊，害這孩子覺得無聊也過意不去，到這邊來。」

在約翰目送之下，卡夏筆直地衝向朝她招手的奈茲納。解決一樁掛心之事，白髮將領調回目光對眼前的老人拋出話題。

「不僅作為學者，據說博士在軍事方面也造詣很深，讓我的部下吃了一驚。」

「這並非我第一次協助軍方。來往的時日一長，不管願不願意都會學到軍校教學程度的知識啊。」

阿納萊對於這個事實沒有誇耀的意思，表情反倒帶著厭惡。看出這一點，約翰尖銳地發問。

「Mum？……恕我失禮，博士本身對於研究的軍事運用沒有太大的好感？」

面對涉及內在人格的提問，老賢者乾脆地回答。

「倒也不是。我只是在很久以前，就厭倦了只為了有效率殺傷人類而做的研究。」

直截了當的真心話答覆，反倒令本來打算謹慎地弄清對手想法的約翰傷腦筋。他正在尋找下一個切入點時，阿納萊又往下說。

「軍事僅僅是科學領域的一個領域而已。要我只顧著研究這方面，等於是叫人看著眼前堆積如山的水果卻只准吃香蕉一樣。我說的不對嗎？」

又是個簡單易懂的比喻——不如說是在表明不滿。察覺和此人互相刺探沒有意義可言，約翰也改為用自己的話坦率地回答。

「戰爭只是世界的一部分。如果這樣換個說法也行，我完全贊同。」

「看來我們意外的合得來。」

阿納萊咧嘴一笑。感到肩頭的擔子忽然變輕，約翰也不知不覺地微笑起來。阿納萊．卡恩這名老人身上，的確有某種足以使第一次見面的人放鬆的特質。

「然而——令人煩惱的是，進行一項研究需要許多資金。而且愈是動亂的時代，愈會犧牲其他許多事物將莫大的經費花費在戰爭上。」

老人聳聳肩說道。活得比別人更久，使他見證過許多這類歷史的情形。

「總而言之，想在這時代發展科學，無論如何難以避免跟戰爭扯上關係。軍事雖然只是科學的一個領域，卻是能保障開拓未來的領域。因為在歷史上尚未出現過與戰爭無緣的時代例子啊。」

老人說出必然的結論。聽到這番話讓約翰忽然產生疑問，毅然問出口：

「那麼……博士你們這些科學家，以後也準備寄生在軍事上存續下去嗎？」

一旁的米雅拉一臉錯愕地看向他。對於初次碰面的長者，還是對己方有恩之人問這種問題，怎麼說也未免太過失禮了吧。

不過──約翰認為這個問題應該現在要問。不管現在或等很久以後再問，對方的答案都不會變。那應該從一開始就先問清楚。

阿納萊沉默地站起身，以眼神示意對面右邊另一個房間的門。

「到這邊來，我想介紹我們的研究。」

兩人被帶往的另一個房間日照不足，空氣比剛剛那裡來得清涼。狹窄的空間裡擺滿了櫥櫃，想走動時必須從櫥櫃之間鑽過去。

「我說，你們知道疾病生自何處嗎？」

阿納萊一邊走向房間深處一邊問兩人。側眼看著米雅拉不安地環顧四周，約翰根據自己的知識回答。

「我學到的疾病生成原因是瘴氣。比方說腐敗的生物屍體及排泄物等汙穢之物，若沒歸於塵土一直淤積，就會產生惡臭的瘴氣侵害人體。」

他說出神學等級的標準答案，阿納萊卻搖搖頭。

「這個說法已經過時了。不僅對於瘴氣本身的深入探討不夠，又令人誤會臭味是疾病的起因。帝國、齊歐卡都有在病人房間猛灑香水的習慣，但我以科學家的身分斷言，這麼做毫無意義。」

他憑著由經驗證實的根據否定嘗試。阿納萊從一言一語中透露出的態度，令約翰感到背脊發寒。他本人尚未察覺，那是對科學這個未知領域的期待與興奮。

「疾病的成因是『細菌』。『細菌』是比羽蝨或螞蟻更小的存在，可以說是肉眼分辨不出的微小生物。我們知道這個世界充滿了細菌，查出細菌是種種現象的成因。麵包發霉、長在暗巷裡的蘑菇叢——這些近在身旁的景象，也是細菌造成的。」

肉眼無法察覺的微小存在。只要一想像充斥著那種東西的世界，約翰頓時有種周遭空間密度增加的錯覺。

「我們知道細菌分為許多種類。雖然還停留在假說階段，如果種類繁多的疾病各有各的對應細菌存在——怎麼樣？不是就有發現與過往截然不同治療方式的可能性嗎？查明在人體內造成危害的細菌抑制其繁殖，最終加以驅逐——這種技術，應當能建立新的醫療形式。」

陳述已見至此，阿納萊從放在最裡面的櫥櫃裡拿出一個培養皿舉起來。瓊脂培養基上培養的，是乍看之下毫無特別之處的綠色霉斑。

「然後再進一步，假設疾病的成因是細菌——只要有一種藥能夠消滅所有細菌，稱作萬靈丹也不為過吧。」

老賢者臉上浮現典型的大膽無畏笑容。理解那個表情代表的意思，約翰這次真的瞠目結舌。

「這就是那個可能性。當這種霉增加，周遭其他許多細菌便停止繁殖。明白嗎？這很可能並非細菌之間在競爭，而是有某種阻礙其他細菌繁殖的物質正在產生。假使可以單獨抽出那種物質——」

談論僅是假設的可能性時，科學家總會自制。這一次也不例外，阿納萊刻意中斷話題。一方面也是提醒自己，談論這個議題所需的立足點還不夠穩固。

「後續的發展還有待研究。細菌的世界對我們來說也是還在摸索的領域，我也無法保證，這個研究不是離譜的誤解……不過，即使包含犯錯的可能性在內去思考，這次的研究仍然帶來一個啟發。」

老人以具有控制力的聲調回到正題。作為優秀的聆聽者，約翰預料到他接下來要講的話。

「既然涉及醫療發展，已不只是戰爭的範圍而已——嗎？」

「正是如此。」

聽他朝自己希望的方向解釋，阿納萊露出微笑。環顧屋內擺放的無數培養皿，老人繼續道。

「這個研究的預算來自齊歐卡政府軍事部門。因為戰爭和疾病密不可分，這絕非不適當的開發。

但是——在此前提之上，我們的研究遠遠超越戰爭。」

他的口氣再度透出傲慢氣息。這次輪到約翰刻意自制，告訴自己不該為這個話題感到興奮。目光筆直地望著他，老人強而有力地說下去。

「你問我往後是否要寄生在軍事上存續下去吧？我的回答是，暫時是這樣沒錯。然而——我所知道的寄生生物裡，也有吃掉宿主長成成蟲的。我深切期盼我們也能做到。」

阿納萊給予約翰大膽傲慢的答覆。當著因為興奮和戒備而顫抖的約翰面前，「瀆神者」阿納萊．卡恩展開雙臂仰望天花板。

「——科學就在這裡。在戰爭滅亡後依然會留下。」

「——最好避免深入接觸。」

在結束這段濃密的對話離開研究所的歸途上，米雅拉對白髮將領開口。老賢者的發言給她留下的印象，與約翰有著微妙的差異。

「那位老人的思想過於異質。對國家沒有歸屬意識，為了發展科學不擇手段，立身的基礎太過廣大。即使能力出類拔萃，我終究不認為他是應該重用的人才。」

盡可離遠離蘊含風險的要素。儘管理解這也是一種正確答案，約翰腦海中卻反覆回想起與老人的對話。

「……感覺很像。」

「？」

「感覺很像。我從那位老人身上，感覺到某種類似那個斷言我是奴隸的傢伙的特質。」

他伴隨痛楚告白。因為這等於是承認並吐露他懷抱至今的懊惱。

「我知道別跟他扯上關係比較好。米雅拉，妳說的沒錯。可是——」

背著玩累睡著的卡夏，約翰透過背部感覺到她的呼吸。如果我能夠以和這名少女一樣天真無邪的心態接觸「科學」——約翰已經察覺，自己不由得如此盼望的心情。

「——不知為何，我怎麼樣都無法一直忽視那位老人的存在。」

*

距離不眠的輝將與老賢者首度相見僅僅兩天後，主席執政官阿力歐．卡克雷邀請約翰、米雅拉、哈朗三人前往官邸。

「打擾了，執政官閣下——陸軍少將約翰．亞爾奇涅庫斯等三人應召前來。」

約翰在阿力歐妻子帶領下踏進寬敞的客廳，一眼就能分辨的無國籍景象在眼前展開。格子紋壁布是馬姆蘭風格，但獨腳大桌屬於尼達格亞的傳統工藝。阿力歐本人坐的藤椅則是來自帕猶希耶的骨董。

另一個房間的「壁龕」統一擺放亞波尼克的家具，甚至鋪著植物纖維編織成的草席當地板材料，是一個難以劃分趣味與政治性質的地方。

「不是召見，是招待。這是私人邀請，放輕鬆點。說歸這麼說，你難得休假卻找你過來，真過意不去。」

「不，既然是閣下召見那在所難免，哪怕正在舉行婚禮也要趕到。」

和同伴並排坐在阿力歐對面的毛皮長椅上，約翰這麼承諾。執政官嘴角揚起微笑。

「雖然可靠，這樣的玩笑不適合你啊。你有預定行程？」

「不，很遺憾的沒有。不得不說，現在工作就是我的情人。」

「那是無妨。我認為你單身的時候大概是最強的。」

阿力歐斷定的語氣令米雅拉微微皺眉，坐在另一邊的哈朗開口。

「執政官閣下認為有了伴侶會使人變弱嗎？」

「這視人而定。我也有妻子，卻不覺得自己比以前來得弱。只是——怎麼說呢。那或許是因為我沒有人性，哈朗。」

「您言下之意是……」

「問題很單純。當妻子與國家放在天秤的兩端，我不會有一秒的遲疑。」

齊歐卡的國民代表望向妻子所在的廚房，毫無顧忌地斷然說道。

「這件事我也從一開始就告訴她了。假設她被抓去當人質，我不會花費超出救援其他國民的成本去救她。不流於私情，平等對待全體國民——這是作為執政者的條件吧？」

面對那教條式的正確言論，米雅拉和哈朗猶豫著該怎麼回應。阿力歐在困惑的兩人面前吐吐舌頭。

「——這當然是謊話。」

這次米雅拉露骨地皺起眉頭。

「——啊？」

「謊話啊謊話，大謊話。只要平等待人國民就會接受？怎麼可能，事實上反而相反。像剛剛的例子，我反倒很可能被看成拋棄妻子無血無淚的男人，導致支持率下滑。你們明白嗎？用太過激烈的形式表明『無私』，反而會令國民倒胃口。」

執政官面露苦笑地說。這名執政者有著拿這類諷刺當成幽默的一面。

「平等的概念本來就和人類不合，因為人類是希望受到偏袒的生物。無論弱者或強者、老人或年輕人、男人或女人都一樣，追求平等的總是沒受到偏袒的那些人。他們真正想要的並非全體均分好處，而是希望恩惠毫不吝惜地傾注在自己一人身上。」

十指交疊放在下巴下，阿力歐滔滔不絕地說。

「很遺憾的是，齊歐卡這個國家的歷史尚淺，不足以讓每一名國民理解平等本質的價值。許多人只不過是拿平等當成求而不得的偏袒的代替品。不過，這絕非壞事，光是眾人共享平等這個表面方針本身即是一大進步。只要還透過這層過濾網議論，今後就能在一定程度上限制多民族國家最大的隱患，即單一民族主義的死灰復燃。」

此時阿力歐的妻子回到客廳，將端來的茶分給所有人。那被比喻為百合花的甘醇香氣，屬於據說昔日加倫姆王族愛飲用的發酵茶。四人份的茶斟入附把手的金屬杯裡，這些餐具則屬於拉歐。

「平等當然很重要。可是，我希望那並非『人人都無法得救』的消極狀態，而是以『人人皆能獲救』的積極形式呈現。兩者確實都是平等性的顯現，但前者與後者的印象差距很大吧？」

「Ｙａｈ。也就是說碰到危險時，閣下必定會去救夫人。」

「唔，雖然依狀況而定可能做不到──正如你們所知道的，內子的血統明確包含六國所有的血統。我選擇娶這樣罕見的女子為妻。簡單的說，她和犬子沒過得幸福，我也很頭疼吧？在象徵的意義上來說也是如此。」

他的妻子僅僅帶著安祥的微笑把丈夫所說的內容當成耳邊風。那泰然自若的態度，每次都令約翰十分佩服。無論再怎麼偏心去看，他都不覺得阿力歐．卡克雷的妻子這個位置是普通人的精神能夠勝任的。

「可是──顯示無私會造成反效果嗎？對我個人來說，這值得深思。」

憑著不追求私利迅速晉升至現在地位的約翰，面對與他相反的哲學陷入沉思。不過阿力歐很快地搖搖頭。

「那是無用的懊惱。這項法則不適用於你，約翰．亞爾奇涅庫斯。」

思考的階梯在第一步就被拆除，白髮將領的目光轉回對方身上。

「——言下之意是？」

「我只不過是一介執政者，但你是英雄及軍人，內在超出民眾理解的範圍正好。你不需要討人們歡心，只要擔任最強的武力執行者即可。只要不斷打下誰也無法模仿的戰果，讚賞自然會隨之而來——我一直這麼告訴你吧？」

「……的確。」

「不需要睡眠，不想要休息，甚至不娶妻。僅僅以國家的繁榮為樂，一生奉獻給齊歐卡的憂國志士。我以為刻下這段文字作為墓誌銘是你的願望——不對嗎？」

「——當然沒錯，義父。」

約翰頷首將手貼上胸口，倏然閉上眼睛。

「我的性命從一開始就奉獻在實現母國齊歐卡永遠和平的夙願上。從你發掘我的那一天起，我對獻身作為未來的基礎就毫無異議。」

「你是我的驕傲，吾兒。」

瞇起眼睛注視著他，阿力歐靜靜啜飲深翡翠色的茶水。

「現在說有些晚，不過前陣子的內部紛爭你處理得很好。沒有一名人質喪生就讓事件收場的結果，正是實現我剛才所提的積極式平等的例子。那群議員吵得人受不了，你幫了我很大的忙。」

「不勝惶恐。但這份功勞不單只屬於我和部下們，人質沒出現犧牲，是多虧了碰巧在場的阿納萊．卡恩博士相助。」

當話題轉換到這裡，約翰立刻提出老賢者的名字。然而，正要喝第二口茶的阿力歐聽到後手立刻頓住。

「……沒想到會從你口中聽到這個名字。你見過他了？」

「是。前幾天我非正式地禮節性拜會過他。看來是位非同一般的人物，當時他也說了十分奇特的——」

「不准再和他見面。」

阿力歐以沉穩但不容辯駁的口氣斬釘截鐵地要求。

「我再重複一次，不准再和他見面。和阿納萊．卡恩接觸，對你絕無益處。」

面對出乎意料的回應，約翰一時詞窮。看出他的反應，哈朗從旁插口。

「——真令人感興趣。我還沒見過本人，但聽說閣下也十分支持起用阿納萊．卡恩博士。能夠請教要我們主帥遠離他的理由嗎？」

「你們和阿納萊．卡恩同樣是齊歐卡需要的人才。不過安排時要適才適所，將發明家和軍官湊在一起沒有益處，反倒會因為雙方立場差異產生思想上的齟齬，引來不必要的混亂。」

執政官說出難以否定的籠統理由。無法釋懷的米雅拉反射性地開口：

「發明家……嗎？那個，博士本人自稱是科學家……」

「都一樣。約翰，你反對我的說法嗎？」

一句話帶過她的發言，阿力歐再度轉向白髮將領。當從少年時代便很熟悉的眼眸迎面認真地直視自己，約翰的回答只有一個。

「……不，我沒有異議。既然閣下這麼期望——我會按您的交代，往後避免與其交流。」

「很高興你明白我的意思。」

男子笑容滿面地頷首，靠在藤椅椅背上。

「我明白叫你休息也沒用。正因為如此，我希望你有意義地運用偶爾到來的假期。雖然剛剛才說過你不必討民眾歡心——這次我想拜託你去小學演講，你可願意？這本來是我的工作，但由你出席更受孩子們歡迎。」

「當然，悉聽尊便。」

約翰立刻乾脆地回答。既然他本人答應，米雅拉和哈朗也無話可說。

聚會在大致算是和睦的氣氛中結束，三名軍人離開官邸後，阿力歐呼喚妻子。

「莎拉姆，能再給我一杯茶嗎？加三匙糖。」

「好的，老公。」

也許是事先察覺他會開口，她走向廚房不到一分鐘後便泡好茶端回來。茶具也從待客用的杯子換成沒有把手的亞波尼克傳統茶杯。除去政治表態，這是他最慣用的杯子。

啜飲一口甘甜的茶，男子總算鬆了口氣。

「——呼，剛才真讓我嚇出一身冷汗。原以為雙方沒有共通點而輕忽，他們卻在我不知道的時候有了接觸。放養那名賢者也值得商榷啊。」

他談論的內容，實在不是在公然宣稱視若親子的約翰面前能說出口的。

「但從另一方面來看，也可以說幸好有機會早早做出警告。我親自培養出的英雄，怎麼能被突然冒出來的自由人毀掉。莎拉姆，妳也有同感吧？」

她帶著柔和的微笑一語不發。愉快地接受那份沉默，阿力歐緩緩地仰望自家的天花板。

「約翰·亞爾奇涅庫斯不需要自由，那孩子有使命就夠了。只要有窮盡一生也無法達成的悠久職責在身——他就能成為完美無缺的英雄。在世期間自不用說，即使在死後依然如此。」

＊

首都諾蘭多特一角聳立著嶄新的立方體建築。

那棟大建築物旁邊緊鄰著小上一圈，宛如「手下」的小學校舍建築物，是為了使學齡兒童身心健全發育而設，齊歐卡史上第一座體育館。

「——初次見面！大家有用功讀書嗎？」

國立諾蘭多特第四小學。這所共六百名兒童就讀的五年制教育設施，今天有稀客來訪。容納了全校學生加上近百名一般聽眾的體育館內，大批小孩坐在自己搬進來的椅子上，目光聚集在講台上的英雄身上。

「…………」

遠遠眺望著這片熱鬧景象，米雅拉・銀少校站在體育館的兩個出口其中一處，監視建築物內外有無異狀。不過，她散發出的氣息比平常來得尖銳幾分。同樣進行監視任務中的哈朗站到她面前，戳戳她的眉心。

「注意一下這裡的皺紋吧，難得生了張可愛臉蛋都糟蹋了。」

「多管閒事。我已經超過被人稱讚可愛的年紀了。」

米雅拉粗魯地回嘴，別開臉龐。體格壯碩的大哥苦笑著搔搔後腦杓。

「我覺得妳不管幾歲都很可愛，特別是在約翰面前。」

感覺他在調侃自己，米雅拉的眼神凌厲起來。哈朗舉起雙手安撫她。

「喂喂，別瞪我。把關鍵部分蒙混過去也沒有用，反正妳現在也正想著那傢伙的事吧？」

「…………」

「我猜中了？那，妳擔心的是『哪一方』？」

哈朗見她露出不悅之色仍不退縮，直言不諱地直指核心。那一如往常的粗暴關心，讓米雅拉嘆了口氣不再固執下去。

「……哪一方指的是？」

「妳擔心的理由，是約翰和執政官閣下的對話，還是跟阿納萊．卡恩博士？妳變得不對勁，是自從那兩次陪同約翰出門之後吧？」

嗚，女子嘴角一震。哈朗乍看之下體格龐大粗枝大葉，卻不會錯過同伴感情的微妙變化。

「……兩者都是。」

「那操心的程度也是兩倍啊——唉，拜訪阿納萊博士時我並未同行所以不能說什麼，但我想得到妳是擔心執政官閣下說的哪一段話。」

他一邊說一邊拍拍米雅拉的肩膀。

「別沮喪。在我所知的範圍內，愈是高喊單身宣言的傢伙，愈會因為一點契機就和女人湊成對。」

「——不是這麼回事！」

米雅拉臉泛紅暈地瞪著哈朗。她彷彿很害羞地垂下頭，以截然不同的語氣悄然說道。

「……不是的。執政官閣下的說法，聽來就像約翰不可以得到幸福一樣……」

「嗯？怎麼，妳認為現在的約翰很不幸嗎？」

當哈朗愣愣地問，她緩緩搖頭。

「我沒這麼說。不過，我經常感覺他獨自努力過頭了。就算具備不需睡眠的體質，再有多一點普通的閒暇……餘裕也行吧？他立下的功績，應該足夠允許他有些空閒才是。」

「有困難啊。如果約翰是要他休息就會休息的人，也不會這個年紀便升上少將。工作對他來說像呼吸一樣。」

「我以前也這麼想。可是……」

米雅拉說到此處停頓一會，仔細回想起前些日子的景象。

「……和阿納萊博士交談時，約翰露出我從未見過的表情。」

「喔？」

「他的眼神閃閃發光，遠比看著我們的時候更加天真無邪、純樸……表情就像個無涉於義務與使命，碰到有趣東西的少年。我……以前無法想像，約翰露出那種表情的樣子……」

「原來如此。妳真正擔心的是這一點嗎？」

「……很難講。不過，看見當時的約翰，我沒來由地感到不安。如果他變了怎麼辦？如果他從我眼前消失怎麼辦？我想著這些……」

她的聲音漸漸顫抖。自己一直長伴在白髮將領身旁——過去從未懷疑過的未來構圖，在她心中搖曳模糊起來。

「……我希望約翰不要變。可是反過來看，這不就和執政官閣下前幾天所說的話一樣？我不希望約翰得到幸福嗎？我一開始思考這件事，就停不下來……」

米雅拉藏在眼鏡下的眼眸閃過掙扎。看不下去的哈朗溫柔地拍拍她的背。

「我明白了。先不提約翰，妳需要一段煩惱的時間。」

思考著該怎麼幫助一本正經的同袍，壯碩的軍人努力開朗地說：

「話說回來，阿納萊博士還真會哄騙人。第一次見面就讓約翰露出本色，我也想拜見一次啊。」

這同時也是率直的真心話——當兩人對話中斷的時候，體育館內響起盛大的掌聲，講台上的約翰也揮手作為回應。

「——演講似乎結束了。我們的護衛任務也告一段落啦？」

「嗯，看來是這樣——」

米雅拉打起精神試著再度專注在任務上，動作卻突然停頓。

「嗯？怎麼突然默不作聲？」

她沒有立刻回答，直盯著體育館內排成多排的椅子後方，以右手食指示意目光所及之處。

「……看樣子你也有機會了。」

視線順著望去，哈朗也立刻發現，一名穿著少見的白袍、滿頭白髮的老人和身旁的助手一起混在一般聽眾中向講台上的約翰鼓掌。

「孩子們看到你眼神都閃閃發亮啊。你果然大受歡迎，不眠的輝將。」

待要求握手的大批兒童離開之後，阿納萊和巴靖走到白髮將領身旁。對於這相距出乎意料短暫的重逢，由於前陣子被執政官禁止交流，約翰懷抱複雜的感情應對老人。

「……在聽眾中發現博士的身影時我吃了一驚。您特地過來聽我演講嗎？」

「與其說聽講，不如說我是來見你的。比起寫信邀請你來研究所，還是主動走一趟進展快得多。」

「我也很驚訝。沒想到對現在的博士來說，居然有比霉更想見的人類。」

巴靖聳聳肩說道。按捺住對這個事實感到喜悅的心情，白髮將領努力擺出冷淡的態度應答。

「我深感榮幸，但我不認為只是一介軍人的我對研究有幫助。把時間花在其他事務上應當更有意義。」

和前陣子相比變得疏遠的措詞，讓阿納萊也察覺約翰有某些苦衷。不過，這點程度的牽制不足以令老賢者退縮。

「作為軍人的你不是研究對象。我感興趣的，是約翰·亞爾奇涅庫斯個人。」

阿納萊靠著與生俱來的膽大拉近與對手間的距離。在約翰開口說話之前，老人先奪走了對話主導權。

「我們閒聊一會吧。睡眠是死亡的兄弟──你可聽過這種說法？」

「……不，我孤陋寡聞。」

青年坦率地回答。阿納萊點個頭說明道。

「什麼都看不見也感覺不到，無法依自身的意志行動。這句話指的是在喪失主體的意義上，認為睡眠與死亡性質極其接近的看法。仿照這個理論，甚至可以說人類是每晚死亡後在隔天早晨重生。」

抓不準對話意圖的約翰瞪大雙眼。老人毫不在意地往下說：

「或許正因為間隔了這種斷絕——不，更新，人類才得以漫長地朝未來前進。要一個勁兒地活著，人類的一生實在太長了。昨天和今天、今天和明天、明天和後天。藉由像這般劃分人生，使人類勉強承受在眼前展開的龐大歲月……我如此認為。雖然這種說法一點也不科學。」

老人說到這裡暫時打住。直覺領悟到落入對方的步調不是好事，約翰說出反射性地想到的反駁。

「……睡眠和死亡應該有很大的差異才是？至少人類在睡眠時會作夢。當然，我不清楚亡者是否會作夢……對我而言，夢也是生命的一部分。」

一聽到這個主張，阿納萊咧嘴一笑。

「原來如此，沒錯。那麼——約翰．亞爾奇涅庫斯，你也會作夢嗎？」

受到反問的白髮將領立刻不寒而慄。一邊對自己被這極為單純的誘導式提問釣中感到羞愧，一邊抱著某種敬意回答老人。

「……如果是白日夢，偶爾會有。雖然大都是反覆出現過去的景象。」

「咦？——我、我都不知道。」

一旁的米雅拉面露驚訝，約翰搖搖頭。

「作夢又不是什麼值得逐一告訴別人的東西。那麼——阿納萊博士，我會作夢又怎麼了？」

「真是令人很感興趣的事實。該說我的假說得到了強化吧。」

眼皮深處的雙眸閃閃生輝，阿納萊如此說道。

「扣掉你這個例外，在我所知的範圍內，沒有人類不睡覺還能存活的。我想就算放眼整個動物界也沒有。我推測你是以某種不得而知的形式，在清醒期間完成普通人每晚統一進行的睡眠工程。」

他以熱切的口吻說著，同時用食指敲敲腦袋。

「關鍵在於這裡，大腦的運作。雖然又和神學見解相左，我等認為人體當中掌管思考的部分是大腦。睡眠可定義為讓大腦休息。你的不眠體質，看來可從休息方式尋找原因。」

約翰無意識地摸了摸頭。老賢者繼續陳述他的主張。

「儘管是建立在假說上的假說，讓分割大腦各部分輪流休息——這解釋怎樣樣？就像數人輪班站夜哨一樣。你在日常生活中，說不定連現在這個瞬間也是一邊醒著一邊讓大腦的一部分休眠喔。」

「……毫無結果啊，博士。只要不剖開我的腦袋，這個假說無法證實。」

「是嗎？縱使無法直接驗證，間接驗證不是可行的嗎？方法我已經想好了。」

阿納萊露出無畏的笑容宣言，迎面直視著約翰的雙眼。

「今後兩週——有困難的話一週也行，能不能讓我們留在你身邊？我希望你每隔一小時接受簡單的測驗。依結果而定，即可驗證分隔睡眠假說。如果讓大腦的一部分休眠，那個部位肯定會使你的能力出現變動。例如當掌管語言的部分睡眠時，語言功能便下降，掌管計算的部分睡眠時，計算功能便下降這樣子。」

老人看待人類的觀點與眾不同。察覺這一點，米雅拉忍不住插嘴：

「……這是種褻瀆。你們就用功能一個詞彙來切割人類的思考——甚至是靈魂嗎？」

「在科學的世界觀中，沒有靈魂這種東西。因此，我們將人類所有的活動都視為肉體機能。思考、感情、進食、生殖和睡眠，全都地位相當。」

阿納萊再度毫不猶豫地回答。側眼看著被那股氣勢嚇得退後的副官，約翰吃力地擠出聲音。

「……很遺憾，請容我回絕。我十分忙碌，恐怕無法協助博士做實驗。下次有機會再回報您的幫助……」

「馬上拒絕過於輕率了。即使不眠不休的生活可能導致你喪命也一樣嗎？」

老人不停進攻。白髮將領眉頭一動。

「……這是什麼意思？」

「字面上的意思。缺乏睡眠造成的身體病變不勝枚舉，以為只有你一個人可以逃脫這一切，未免太過樂觀了！」

阿納萊嘗試從另一個角度說服他。默默旁觀的哈朗也終於在此時插入對話：

「您的說法互相矛盾，阿納萊博士。剛剛不是您才親自說明過分隔睡眠的假說嗎？」

「不過那是假說。現階段只是沒有任何證據的推論，就算正確，也無法成為約翰．亞爾奇涅庫斯健康的保證——話說，如果他真的是外表保持清醒，大腦在水面下分區輪流休息……你們當真以為這種粗暴的方式不須付出任何代價？」

米雅拉和哈朗同時陷入沉默，想反駁也無從反駁。約翰的不眠體質可說是其英雄特質的象徵，光是去懷疑這一點就被他們視為禁忌。然而——眼前的老人輕易地跨越那道圍欄企圖踏入禁地。

「無論如何，先不提實驗，我認為接受我的診察是聰明的選擇，我有自信做出比一般醫生更適當的診斷。既然你身為軍人工作繁忙，那豈非更應該正確地理解自身的現狀，查出應有的休息方式嗎？」

阿納萊在最後的最後歸納了符合常識的結論，使得約翰等人更加難以說出合理的反駁。不只如此，他更對其他事情產生疑問，下定決心問出口：

「阿納萊博士，是我的哪一點讓你如此——」

突然響起的壓縮空氣爆炸聲打斷了下一句話。

「敵人來襲！敵人來襲——！」

部下的吶喊聲緊接著傳遍四周。約翰剎那間切換注意目標開始指揮。

「所有人保持警戒！米雅拉、哈朗，別讓一般民眾跑出體育館！要他們全部聚集在一處壓低身子！」

兩名同袍即刻應對展開行動。體育館內充斥著叫聲，自外面奔來的傳令兵報告狀況。

「有敵人來襲，少將！至少一百餘名裝備不統一的民兵從校舍北門闖入！肯席士官長正率一排士兵應戰，但那樣下去無法支撐太久……！」

「一邊進行防禦戰一邊後退！通知米塔士官長，將這座體育館當成防衛據點死守！」

收到明快指令的士兵奔回前線。約翰越過他的背影觀察戰況演變，同時向身旁的兩名科學家開口道：

「阿納萊博士、巴靖助手，請兩位也回館內……繼上次之後又害兩位捲入事件，我先趁現在為我等做得不好的地方道歉。」

「沒什麼，常有的事。」「是啊，常有的事。」

兩人的反應乾脆得甚至顯得不合時宜。雖然知道面對緊急情況這樣有失慎重，約翰還是忍不住笑了出來。

「……敵軍數量約一百三十人，七成拿弩弓，三成拿風槍。大多數弩弓並未裝上精靈，幾乎包圍了整個體育館。」

從體育館入口旁觀察外面狀況，米雅拉如此報告。約翰抱起雙臂環顧周遭。

「相對的，我方只有擔任護衛的風槍兵一排四十人嗎……在人數上處於劣勢。」

被捲入異常狀況的兒童與市民們聚集在室內中央附近，害怕地挨在一塊。哈朗看到他們的反應後目光轉向外面，哼了一聲。

「從民兵散發的氣息來看，又是王國復興派的人？居然襲擊小學，那些傢伙終於瘋了嗎？」

「很難說，我認為他們另有目的。」

老人忽然從高大的他身旁探出頭。約翰一臉為難地按住額頭。

「……Mum，博士。您也算是一般民眾，請到那邊和孩子們一起……」

「巴靖已經過去了。他很擅長跟小孩相處，應該多少能排遣他們的緊張。」

離題的答覆，令白髮將領繞回原點產生一種奇特的理解感——因為這使他確信，這名老人打從一開始就缺乏老實接受保護的謙虛。

「現在更重要的是外面那夥人。我就直截了當地說了，他們的目標應該是你吧？」

「……考慮到前陣子的事件，這個可能性很高。」

約翰也未加敷衍地同意他直指核心的意見，繼而表明疑問。

「不過若是如此，敵方人數卻有些可疑。發動上起事件的罪犯已全數被捕，如果他們還保有那麼多戰力，為何不在一開始時投入？」

「不是有人想得漁翁之利——就是當作保險吧。也可以看成是預估上次作戰將會失敗而準備的預備計畫。」

做出相同推測的青年馬上頷首，但阿納萊繼續往下說。

「可是——先不提這個，最近這類事件未免發生太多次了。與其說是激進派的傢伙忽然狂暴起來，我認為其中有帝國特務煽動是更妥當的看法。這並不令人吃驚，引發內亂是齊歐卡也運用過許多次的——」

「——博士！請注意您的發言。這裡有很多一般民眾！」

當約翰以略為強硬的口氣囑咐，就算是阿納萊也察覺自己做得太過火了。

「喔，抱歉抱歉。這算是天生的，活到這把年紀，唯獨禍從口出的毛病怎麼也改不了。連我自己也很傻眼。」

槍聲在他自嘲地說明時響起，人倒在砂地上的聲響傳入耳中。阿納萊佩服地望著守住兩個入口的槍兵。

「回到正題，你的部下們實力果然厲害。看見子彈準確命中跑在前頭的人，那些傢伙似乎裹足不前。憑藉迅速的應對在一開頭挫了對手銳氣發揮很大的效果。」

另一方面，持續防備外面情況的米雅拉開口。

「國軍應該不久後就會派來援軍。只要堅持到那個時候……」

「那樣行不通。」「那樣行不通啊。」

白髮將領和老賢者的聲音交疊。約翰對著瞪大雙眼回過頭的米雅拉繼續道。

「既然在首都正中央動手，他們起碼也對時間限制有點概念，大概打算在救援部隊抵達前鎮壓體育館，拿我和孩子們當人質。這段膠著狀態不會持續太久。一下定決心，他們就會做好犧牲的覺悟同時衝進來。」

「唔。一旦演變成室內混戰，靠現場戰力終究是保衛不住。」

阿納萊環顧體育館內部冷靜地下結論。約翰也毫不猶豫地頷首。

「孩子們將被捲入戰鬥當中。唯有這種情況，無論如何都不能讓它發生。」

白髮將領神情嚴肅地斷然宣言，抵著下巴沉思半晌。

「——Ｍｕｍ，轉換視角吧。既然難以完成防衛戰，將這座體育館視為單純的防衛據點很快就會走投無路。必須把偏向防禦的意識強行轉向攻擊才行。」

「喔，具體而言呢？」

老賢者兩眼發光地催促他往下說，約翰以接著下達的指令作為答覆。

「哈朗，變更士兵配置。叫兩個班分別登上左右樓梯間，拉上所有採光窗的窗簾。由少數人不起眼地分次行動，以免敵人察覺。」

「了解。彈道從窗戶瞄準對嗎。」

「沒錯，當敵人在外頭時就這麼做。」

當直接指揮一個排的哈朗展開行動，約翰的目光又轉向女性副官。

「米雅拉，讓一般民眾躲避到別處。努力擠一擠，講台上、講台兩側的工具室和講台下方的收納空間應該擠得下所有人。讓低年級的孩子優先躲到深處，成年人最後進去，並請他們躲進去前先幫忙搬椅子。」

「了解！」

她也即刻應對奔了出去。獨自留在原地的約翰轉向阿納萊開口。

「轉換視角後，這座體育館不再是單純的建築物，而是用來引敵人上鉤後一網打盡的巨大陷阱。我們並非要忍耐敵人的攻勢，反倒要主動迎擊打倒敵人。接下來就抱著這個念頭行動吧。」

「──原來如此。我大致明白你的想法了。」

不必他說出來就料到作戰計畫的老人重新眺望體育館。

「這麼一來，問題在於時間。事情必須在那些傢伙下定決心前安排妥當。這麼一大群人，來得及嗎？」

「非得來得及不可。博士，請您也來幫忙。」

「那是無妨，不過——」

阿納萊剛說到一半，腳邊竄過一個小巧的身影。

「——約翰！怎麼回事，又是復興派嗎！」

一口氣衝到白髮將領面前，卡夏．瑪斯庫斯一臉憤怒地問。看來像是她母親的婦女很快從她背後追了上來。大概是卡夏很想來聽講，約翰從演講途中便留意到母女兩人的身影。

「卡夏……不可以待在這裡。妳快和小朋友們一起——」

「才不去！我也要戰鬥！」

卡夏一派理所當然地斷然宣言，阿納萊聽到後立刻一拍手掌。

「很好。約翰，也找她幫忙吧？」

「博士？您到底在說什麼——」

「我是指人手。姑且不論低年級兒童，高年級的孩子挺有力氣的吧？」

老人繞到少女背後拍拍她的肩膀，咧嘴一笑。

「這女孩會成為帶動民眾的起因。聽到軍人突然要求幫忙，民眾也會感到困惑，有這麼小的女孩帶頭行動，年長者也不能不動起來。」

「但我無法贊同。應該讓小孩優先避難才對。」

「說什麼避難，要是現在你的計策沒成功所有人都將面臨危險，沒有誰優先可言。不管是小孩或貓狗，凡是能幹活的都得要他出力才行。」

阿納萊邊說邊捲起袖子準備做事。約翰正感到猶豫，卡夏的聲音不斷從低處傳來。

「我會努力的！吶～約翰，要怎麼做？我該做什麼？」

少女的雙眸認真地注視著白髮將領，和初次相遇時一模一樣。那股自然而發的勇敢，在他背上推了最後一把。

「……謝謝妳，卡夏。那就請妳幫忙。首先——能把這張椅子搬到我指的地方嗎？」

「嗯！我知道了！」

卡夏點點頭迅速跑開。人們紛紛望著用嬌小身軀抬起椅子的她，好奇是怎麼回事。看準這一瞬間，約翰立刻拉高嗓門。

「——在場的成年人，還有高年級的同學！希望你們也像她一樣幫忙搬椅子！我們會全力以赴，但想跨越這次危機需要各位的協助！全體合力解決敵人吧！」

兒童們發出一陣騷動。白髮將軍發揮與生俱來的領導魅力鼓舞感到不安與困惑的孩子們。

「不必擔心！賭上母國齊歐卡及『不眠的輝將』之名，我們必將戰勝！只要聽從我的指示，我不會讓你們任何一個人受傷！一起奮戰拿下勝利吧！」

約翰以快活的語氣說道，自己也帶頭加入作業。當士兵懈怠時，首先得由指揮官帶頭行動做榜樣，他與卡夏一起實踐這個原則。

「來，開始吧！讓那些壞蛋瞧瞧你們大展身手的成果！」

「喂，你要拖拖拉拉多久！都下了衝鋒令了吧！」

「話、話是沒錯……！但你看看跑在前頭的傢伙，全都中彈摔倒了！」

當同伴在背後催促，一名民兵膽怯地說。那嚇得腿軟的醜態，看得擔任指揮官的男子嘖了一聲搖搖頭。

「所以才要同時衝鋒！愈停留在這裡裹足不前狀況愈會惡化！如果國軍部隊在我們鎮壓體育館前抵達，到時候才真的完了！」

被提醒時間限制的民兵們臉上失去血色。趁著心生焦慮的他們尚未再度被恐懼控制，指揮官對著他們的背影搧風點火。

「聽著，下定決心衝鋒！隨著號令同時向前衝！這是最後一道命令！我會從背後射殺沒邁步的傢伙！」

話剛說完他就朝地面開了一槍，對部下們推了最後一把，做好覺悟的民兵們同時奔出暗處。

「「「嗚、嗚喔喔喔喔喔喔！」」」

一群人集體往體育館殺過去。空氣爆裂聲交疊在一塊，中彈的好幾人向前趴倒。

「別停下！」「衝啊、衝啊～！」

雖然出現不小的傷亡，帶頭的民兵們仍抵達體育館入口。由於誰也沒有單獨衝進去的勇氣，他們暫且貼在牆邊斜眼偷看裡面情況。

「到了、到了！」「衝進去！快點進去！」

他們等人數到齊後再度行動，終於衝進建築物內。剛穿著鞋踏進去，一名民兵同時喊道：

「誰也不准動！我等是加倫姆王國復興派的勇士——奇怪？」

迎接他們的——不是一大群害怕的小孩，而是占據整片視野的黑暗。關上所有採光窗的體育館內部，遠比他們想像的更加漆黑。

「一、一個人也沒有。」

「怎麼可能！這裡應該聚集了超過六百個兒童！」

「說歸這麼說，太黑了看不清裡面……喂、喂！別推！不要推擠！」

背後受到後頭衝進來的同伴們壓迫，他們不得不在黑暗中前進。換成正規軍隊不可能發生這種狀況，但預期打白天閃電戰的民兵們身邊並未帶著處理白刃戰所需的精靈。無法靠遠光燈確保視野，導致帶頭的民兵們膝蓋撞上並排的椅子。

「可惡！椅子害人好難走……小鬼頭們，別躲了快出來！不乖乖聽話你們會後悔的！再敢給咱們添麻煩，就讓你們和國軍的走狗一起嘗嘗苦頭——」

威脅的話剛說到一半，遠光燈自前後左右四方照亮擠在一起前進的他們。

「嘎——！」「咕啊啊啊！」「嗚呃！」

霎時間，槍林彈雨甚至沒有一聲號令就傾注而下。受到重創的民兵們臉色大變。

「可惡！是陷阱！開火反擊！瞄準燈光方向！」

「怎麼搞的！國軍會避免市民遭到波及吧，不是一進來就安全了嗎！」

「跟先前說的不一樣！小鬼們跑到哪裡去了，可惡！」

邊咒罵邊想躲到椅子後的人、試圖逃到同伴背後的人……這些輕率的行動使得本來水準就低的集團更加失去控制。

「喂，別推我！這邊可是對著槍口！」

「就算你這麼說，同伴一直從後面擠過來……！別推、別推～！」

「前面的傢伙在搞什麼！後面都擠滿了，散開點！」

「被椅子擋著很難走！要抱怨就過來幫忙搬開——嗚啊！」

自以為躲進椅子後方的民兵後腦杓中彈趴倒在地板上。看著同伴在眼前一個接一個斷氣，民兵們越發陷入混亂。

「——繼續射擊。敵人停止前進了，趁現在狙擊。」

從設置在採光窗正下方的踏腳處俯瞰混亂的敵軍，哈朗對部下們下令。他們射擊的位置不在民兵們前後左右，而是斜上方。地面的遠光燈是兼作照明功用的聲東擊西，燈光源頭只放著向一般民眾借來的光精靈。

「那些傢伙還在朝遠光燈方向開火反擊，他們沒確實掌握體育館的構造，沒發現射擊來自上方。」

「發現狀況和預計的不同，應付不來了吧。終究只是一群外行人的烏合之眾！」

米塔士官長哼了一聲扣下扳機。在敵軍集團另一頭，米雅拉等人也正展開同樣的攻勢。原本打算在光天化日下猛攻的民兵們曝露在出乎意料的奇襲下，在猛烈的夾擊中一一喪命。

「──好。跟預測分毫不差。」

館內北側放下布幕的講台上，有一雙眼睛眺望著那幕悽慘至極甚至顯得滑稽的景象。護著背後數十名一般民眾，包含約翰在內的六名士兵與阿納萊在此待命。

「讓一般民眾躲避到講台上及收納空間裡後引來敵人，由並排在採光窗踏腳處的風槍兵集中射擊──真是漂亮。可以說是我想得到的範圍內最佳的策略。」

「這不值得誇耀，因為策略是建立在民兵水準低落的前提上。」

白髮將領壓低音量回應，瞇起眼睛掌握戰場情形。從兩個入口侵入體育館內的大多數士兵遠離講台上的他們，不知為何朝著位於反方向的南邊前進。

「而且博士的辦法看來也發揮效果了，大多數敵人正朝著我們的反方向前進。藉由障礙物的配置來誘導動線……我記得您是這麼說的。」

「正是。如果只是單純排椅子當路障，那些傢伙想必會毫不猶豫地推倒。但人類可悲的習性是，只要發現一部分障礙有缺口就會忍不住往那邊跑。那些傢伙也不例外，無意識地往椅子排得較少的地方移動，走上我們刻意設置的路線。結果就朝著我們反方向前進了。」

阿納萊露出大膽的笑容說道。這正是連兒童也動員來幫忙的突擊作業的成果。近距離目睹誘導的效果，約翰點點頭。

「工具室位於講台兩側，收納空間在我們正下方。拜路線誘導所賜，大幅降低了一般民眾被戰鬥波及的可能性。」

「就是說吧。不過這還不夠保險，一個團體中必定會有乖僻的傢伙──看，就像那樣。」

大概是想逃離射擊，在老人目光所及之處，有一名民兵離開同伴集團推開椅子往講台方向跑來。

約翰瞄準他的腹部親自扣下弩弓扳機，中箭的民兵發出慘叫蹲了下去。

「我們待在這裡，就是為了解決漏掉的人……不過……」

約翰注意不發出聲響，謹慎地換上新的箭矢。在他背後，孩子們的嗚咽聲此起彼落地響起。

「──喂，等等。有什麼聲音。」

聽見同樣聲音的民兵告訴走在前頭的同伴。

「……在後面，從後面傳來的。是小孩子的哭聲。」

「在燈光的反方向？……喂，難不成咱們上當了！」

敏銳的人察覺狀況，開始傳達給周遭同伴。

「你們也掉頭！小鬼們不在那邊，躲在反方向！」

「什麼？」「開啥玩笑……！」「都不知道有多少人被幹掉了！」

人群在狹窄的空間內肩靠著肩掉頭。在高處俯瞰的哈朗等人沒有錯過那顯而易見的行動變化，還不到十幾秒後，來自上空的射擊便朝著講台附近的民兵傾注而下。

「嗚喔喔喔喔喔！齊、齊射像雨一樣密集……！」

「可惡！對方也發現咱們注意到了！」

「快搬開椅子！一路衝到另一頭——！」

民兵在撲來的槍林彈雨中拚命推開椅子接近講台。約翰將那來勢洶洶的景象當作預料之中的結果靜靜地接受。

「……果然變成這個樣子。唯獨這一點是無可奈何，要求低年級的孩子一直屏息沉默到一切結束為止也是不可能的。」

自背後傳來的小孩哭聲，已從嗚咽變得接近哀鳴。但約翰既不煩燥也不焦慮。他一邊覺得害得應當保衛的對象陷入恐懼的自己很沒用，一邊與周遭的部下們一起替手中的弩弓上刺刀。

「我去迎擊過來這邊的敵人。博士，這次請您退下吧。」

「有必要的話，白刃戰也不在話下嗎？不眠的輝將也擅長玩鬥劍？」

「我不曾輸給軍校同期的同學過，敵人也因為再三的射擊消耗很大。不過——在討論擅不擅長之前，這就是我的命運。」

白髮將領揚起嘴角微微一笑地斷言。相對的，阿納萊聽到之後皺起眉頭。

「命運……嗎？我無法同意。這不是科學的語言。」

「像靈魂一樣嗎？不過，我並不懷疑命運的存在。」

約翰．亞爾奇涅庫斯毫無顧忌地表明信念，在腦海中描繪起那至今依然反覆夢見的白日夢。創造出他這個人類的開端，那絕對無法忘懷的景象。

「只有我一個人在那片地獄中得救——這不叫命運又叫什麼？」

他露出毅然決然的神情喃喃低語。一腳踏在講台邊緣，一口氣躍入戰場。

「——出發！」

戰鬥開始。約翰一箭射穿奔來的敵人軀體，另一名部下緊接著拉近距離以刺刀補上致命一擊。紅色的液體自抽回的刀鋒滴落。

「呼……！」

兩名民兵立刻衝了過來。約翰迎戰其中一人，壓低身子刺穿他的胸膛。即使被敵人臨終咳出的血花噴了一身也不退縮，白髮將領毅然地繼續指揮。

「別放一個人過去！挺身而出保護孩子們，我們是最後一道防線！」

他毫不猶豫地下令死守。一名民兵像頭山豬般看準防禦的空隙猛然衝向講台。

「嗚喔喔喔喔喔！」

「——！別想通過！」

察覺沒有部下來得及應對，約翰放開裝著搭檔的弩弓同時毫不猶豫地扭住敵人。跟他扭打在一塊摔倒的民兵騎在約翰身上，舉起刺刀對準了他。

「放手，混帳東西！去死！快受死吧！」

弩弓傾盡渾身之力壓了過來。約翰雙手抓住弩弓，也用盡全力推回去，憑著難以感覺出姿勢不利的強勁力道，使得刺刀刀鋒在逼近咽喉處停住。

「……！……這麼想殺我嗎，所謂王國復興派的勇士。」

「沒錯，趕快受死！什麼多民族共存共榮！這裡是我們的國家！」

面對那赤裸裸的真心話，約翰無畏地揚起嘴角。

「這句發言讓我確定——你殺不了我，你沒有天命相伴！」

這句篤定的台詞一說出口，約翰施出比剛剛強上兩倍的臂力將民兵推回去。對方不由得踉蹌，在下一剎那感到背後有一股寒氣。

「──咦──」

斷絕性命的刀光一閃，轉身到一半的民兵身首異處。保持一頭霧水地迎向死亡的表情，男子的頭顱咕咚滾過地板。

「約翰，你沒事吧！」

手持染血的短刀，拯救主人脫離危機的米雅拉一銀奔向他身旁。約翰也立刻站起來表明自己平安無事。

「謝了，米雅拉。有妳在我就心裡踏實！」

「我會賭上性命保護你。來，到我背後來！」

她露出與平常截然不同、屬於戰士的神情，以雙手握住短刀。約翰撿起弩弓準備和她一起拚戰到底，忽然察覺情勢變化。

「妳看，米雅拉──敵軍正在撤退。」

「──後面的傢伙開始掉頭了。是被同伴受創的慘狀嚇到了嗎？」

敵人從兩個入口逃向體育館外的樣子，被占據高處的哈朗看得清清楚楚。在他身旁持續射擊的米塔士官長一臉理所當然地宣言。

「勝負已定！我們頭兒果然是無敵的！」

哈朗也輕輕頷首同意。但那一瞬間，他越過厚重窗簾的縫隙在校門另一頭看見熟悉的軍服身影。

「國軍部隊似乎也抵達了。逃跑的傢伙交給友軍處理，我們得掃蕩館內的殘兵。」

壯漢發出著眼於戰鬥結局的指示。正如他所言，接下來的狀況都是甚至連戰鬥也稱不上的消化賽程。

「約翰，成功了！我們又打敗了那些傢伙！」

一爬出講台下的收納空間，少女立刻找出白髮將領的身影，頭也不回地奔了過去。

倖存的民兵接受戰敗的事實陸續投降，全體由趕到的國軍押走之後。從緊張感獲得解放的人們熱鬧的聲音充滿了風暴過後的體育館。

「卡夏也辛苦了。妳沒受傷吧？」

「我沒事！聽我說，因為有孩子在哭，我一直握著他的手喔！」

當卡夏自豪地報告，約翰蹲下來配合她的視線高度，露出笑容點點頭。在一旁看著兩人的互動，阿納萊頻頻點頭。

「看樣子事情解決了。一般民眾無人受傷，士兵傷勢也只限於輕傷。非常好的結果。」

聽到他的聲音，白髮將領站起身挺直背脊轉頭面對老人。

「這是因為有博士相助……在回報您上次的恩情前，我又欠下了更多人情。」

阿納萊抓準機會對低頭道謝的青年說個不停。

「那麼，我要立刻行使這筆債權。可以讓我診察你的身體嗎？由我跟著你們行動，對工作的影響應該不大。」

老賢者探出身子重複先前的提議。回想起阿力歐要求他再也別去見此人，約翰考慮了一會──臉上浮現認命的苦笑。

「……承蒙您兩次相助，實在難以拒絕。」

他一邊回答，一邊在心中向義父道歉──他只得承認，這名自稱是科學家的怪人超乎常規的理性與一舉一動都吸引了自己。

「……不過博士，真的沒關係嗎？配合我的行程行動，對老人家來說有些吃力。」

「別瞧不起我，小伙子。你以為眼前這個人是誰？有人叫我『瀆神者』，我可是靠這雙健步如飛的快腿逃離神的追緝長達五十餘年吶！」

阿納萊說著拍拍大腿。約翰確定──他將和老人長期來往。

從初次交談的那一天起，他就有預感無法忽視這個人的存在。約翰隨著不可思議的暢快感受體認到，預感成真了。

第三章

Alderamin on the Sky

破壞的女皇

一般而言，戰場並非憑空出現，而是由從前不是戰場的地方「淪落」而成。

正因為如此，有時人們會以戰爭所需的便利性為最優先考量，來整備可以預期有極高機率變成戰場之地——例如城市建設等等。

要塞都市加爾魯姜就是一個例子。那是在卡托瓦納帝國內以僅次於帝都邦哈塔爾的堅固著稱的古都，防衛力從軍閥時代起一再獲得證實。除了環繞市區的厚實城牆，還具備都市本身標高由周邊向中央呈階梯狀逐漸升高的獨特構造，給予防衛方占據高處的優勢，作為不陷之都的地位日漸上升。

「沒想到會以這種形式體驗到那座城市的堅固啊……」

微胖的青年軍官拿開望遠鏡，摻雜著嘆息自言自語。

號稱堅固無比的城塞威容如今不是用來保護他和同伴，而是化為威脅聳立眼前。

「——泰德基利奇少校，斥候已完成外圍偵查。」

從背後趕來的部下報告。在聆聽內容前，「泰德基利奇少校」這個稱呼的怪異感先令他皺起眉頭。年方二十一歲的他，官拜少校顯得有些異樣。

「在城牆的材質與高度、牆上配屬的兵力兩方面皆未發現重大的弱點。西側城牆有年久劣化的跡象，但是否有戰略上的意義就——」

「……這樣嗎。唉，雖然是意料之中……」

他輕輕哼了一聲轉過頭。在年長部下們嚴厲的目光下，帝國陸軍少校馬修・泰德基利奇走向設為司令所的大帳篷。

＊

「喔喔——？為什麼、為什麼？究竟是為什麼？」

另一方面，要塞都市加爾魯姜最頂端第五層。在可瞭望市區的特等座置宅的軍官一手摟著女人愉快地說。

「國家對區區在下發出的小小挑戰派出了過量的大軍啊。妳看，妮雅姆。城市徹底被包圍了，多麼壯觀。」

「以閣下的實力，做出這種程度的戒備非常合理，米卡加茲爾克大元帥。」

女子在臂彎中貼上他的胸膛，用諂媚的語氣附和。宛如妓女般的舉動做得爐火純青，連她身上樸素的軍服都顯得煽情起來。

「我沒聽清楚。重複一遍，妮雅姆。」

「重複一遍。碰到擁有人世間無與倫比軍事才華的奈安・米卡加茲爾克大元帥揭竿而起，帝國軍將領們理當恐懼萬分。」

名喚妮雅姆的女子湊在他耳畔花言巧語。五官輪廓深邃的瀟灑男子——奈安・米卡加茲爾克聽到這番話，心情更加愉快地重複前言。

「真是悅耳。重複一遍，妮雅姆。」

「重複一遍。在古今無雙史上最強、超越人類智慧逼近神之領域的武藝化身，偉大的奈安・米卡加茲爾克大元帥閣下行經的霸道之路上，只有被當成草芥般踐踏打垮的命運在等著可悲的國軍將領們。」

儘管說的人有問題，信以為真的人也半斤八兩。將修飾過度甚至顯得滑稽的花言巧語當成烈酒般喝乾，米卡加茲爾克「大元帥」放聲大笑。

「…………」

另一名女子在一段距離外看著兩人的身影。她臉上表情看來若無其事，交握在腰後的雙手卻用力握到發痛。視線恨恨地投向眼前擁抱的男女，特別是後者。

「呼哈哈哈哈！——嗯，就現實來說該打出持久牌。」

當笑聲音量放到最大，米卡加茲爾克突然恢復冷靜俯瞰眼下。快得不自然的切換速度，是他自我警惕不能被氣氛牽著鼻子走而做的措施之一。

「現在的帝國沒有餘力能將這種規模的大軍長時間駐留在此。因為長期出兵一旦被齊歐卡發覺，這次必然會招來侵略。」

與剛剛誇下的海口相反，他們今後一段時日的戰略構想是徹底防禦。包圍米卡加茲爾克的正是帝國軍部隊，僅率領一州團級兵力的他不可能「當成草芥般踐踏打垮」那支大軍。

「……正如您所明察的。國軍希望進行短期決戰、早期決勝。相對的，我等作戰方針為徹底防禦、長期固守城塞。除了地利之便，時間也站在我們這一方。」

原本在一旁待命的女子像是難忍沉默般插口。妮雅姆露骨地沉下臉色，但米卡加茲爾克滿不在乎地轉向她。

「沒錯，梅特拉榭少校。既然無法期望靠武力攻克，對方不久後將不得不坐上談判桌。這等於是在某一部分上默認了我們的實質統治。從那一瞬間起，本州將成為我們的王國。」

名叫梅特拉榭的女子頷首。米卡加茲爾克以熱切的眼神注視眼下的大軍，感慨萬分地展開雙臂。

「擁戴皇帝的伊格塞姆受挫，國家主權從基礎受到撼動。現在正是歷史的轉機——真令人興奮啊，妮雅姆。長年來被稱作『舊』軍閥名門的我們創造新時代的時刻到了！」

＊

「——那男人大概正慷慨激昂地說著這種話。」

同一時間。包圍加爾魯姜的帝國軍旅大本營，這次討伐動員的校級以上軍官齊聚在帳篷內召開軍事會議。

「奈安·米卡加茲爾克上校嗎？不用特別說明也知道的舊軍閥名門鷹派領頭人物——我以前就認為若有人在這種情勢下舉旗造反，那傢伙會是第一個，真是不負期待。」

掛著中校軍階章的軍人語帶嘆息地說。他身旁的軍官也頷首同意。

「現在好像自稱大元帥。因為他擅長對大眾吹牛說大話，士兵們的士氣也很高昂。」

「那傢伙從以前起就屬於用誇大舉止博得歡迎的類型，不僅唆使部下，還順勢豪言壯語巧妙地打動拉攏了加爾魯姜的市民吧。」

會議上有幾個人在軍校時代認識米卡加茲爾克，全體對他抱持共通的印象。由於關於敵將性格的情報幾乎過於充足，議題自然地轉向其他方面。

「整座要塞都市發生了叛亂。無論如何，這是現實狀況。」

「如果放置下去將發展成整個州的叛亂，必須盡速鎮壓。」

「這我明白，問題在於該怎麼做到？」

當他們討論起攻略要塞的方法，坐在長桌末席的年輕男子開口。

「——不，到什麼時為止得做到。不先決定這個不行。」

軍官們錯愕的目光聚集到說話者身上。掛著少校軍章的微胖青年，馬修·泰德基利奇少校一臉厭煩地繼續發言。

「要塞戰是持久戰。用正攻法攻略加爾魯姜至少需要幾個月，一個不好還得以年來計算。不過，我們沒有餘力用這種方式戰鬥吧。」

當他如此強調，坐在斜對面保持沉默的翠眸軍人也贊同地靜靜頷首。

「……比起沒頭沒腦地討論，從剩餘時間反過來推算可採取的戰略更快。這樣應該會扣除掉幾乎所有軍事上的正統方針。」

年齡看來與馬修相仿的年輕軍官以缺乏抑揚頓挫的語氣如此補充後，沒有再往下說。他——托爾威・雷米翁中校近兩年來變得沉默寡言許多。

「結論應該是，剩下的手段只有放棄靠武力直接解決，採用包含行政措施在內的委婉迂迴方法吧。」

馬修抱著一不作二不休的心情迅速說出答案。至今為止經歷的許多次軍事會議，已讓他鍛鍊出這點程度的厚臉皮。

當沉默籠罩長桌，上首的陰影處傳來一陣低笑聲。

「你們主動扮黑臉啊，馬修少校、托爾威中校。」

散發出強烈到難以解釋的權威感的少女嗓音，令在座軍官們肩頭同時一顫。每個人都戰戰兢兢地望向凝固在帳篷深處的黑暗。

「這場議論會得出這種結論的結果，打從一開始便顯而易見。幾乎所有人都發覺了，只是拒絕說出口——一心不願讓人認為自己面對堅不可摧的要塞都市，輕易選擇放棄攻略。」

輪廓融入黑暗之中，她依舊繼續訴說。唯獨露出像龜裂般悽慘笑容的嘴角，不時從黑暗中浮現。

「為了保住身為軍人的顏面，你們選擇繼續進行形式上的議論。多麼委婉。結果明明只是在同一個結論上軟著陸罷了。」

說到此處，笑聲停歇。像鉛一樣的沉默壓在軍官們的肩頭。

「這叫浪費時間，一群蠢材。」

君主猛烈的斥責彷彿要打斷所有人的脊樑骨。軍人們額頭冒出冷汗，嘴角因後悔和恐懼而發抖。

「拚命討論從一開始就不可能辦到的事情蒙混過去，以為這樣就能籠絡我嗎？」

那侮蔑的聲調貫穿每一個人的胸膛。誰也沒有反駁，不光只是因為說話者的地位。首先，她的指責一針見血。其次則是因為恐懼。

「我不想看人耍猴戲。可行就是可行，不可行就是不可行，把一切都公開在我眼前。徒具形式的議論給我扔一邊去。

先不提正常的軍事會議──我可沒有時間浪費在顧及你們的顏面上。連一秒也沒有。」

她的叮囑，不，嚴厲的警告深深刺進輕視她的全體軍官心臟。拋出殺氣騰騰的前言後，她親自帶頭展開議論。

「那麼，馬修少校。拒絕當個蠢材的你，打算告訴我什麼？」

被點名詢問的微胖青年先是為了承受壓力反覆深呼吸，接著下定決心開始發言。

「……從此地撤兵，暫時擱置叛亂。目標放在敵方勢力的內部崩潰，而非從外部攻克。」

「繼續說。」

「在撤退的同時，從那些傢伙可能用來補給的鄰近村莊徵收物資，在幹道設置關卡對商人嚴加管控通行。徹底執行這些措施，不必特別做什麼，加爾魯姜也會漸漸乾涸。」

他發揮經過兩年歲月磨練的流暢口才，一邊回想昔日見過的黑髮少年身影，一邊盡可能將他的身影重疊到自己身上，馬修拚命地組織話語。

全盤理解他的提案後，帳篷的黑暗深處再度傳來回應。

「斷絕補給加以孤立嗎？就城塞攻略來說是可靠的方針，但解除這裡最關鍵的包圍網，將造成本末倒置的結果吧。不管再怎麼取走村落物資、管控幹道通行，必然都會冒出趁隙送達補給品的傢伙。最重要的是——即使一切順利，現階段加爾魯姜儲備的龐大物資都要等許久後才會耗盡。」

微胖青年停頓一下，好在適當的時機回應意料之內的反駁論點。

「我剛剛所說的計策，全部都叫士兵們假扮成反叛軍士兵——米卡加茲爾克上校的部下來進行。」

少女在黑暗中加深笑意。

「——喔？」

「讓民眾以為徵收的物資送達加爾魯姜。只要持續實行這個方法，州民的怨言很快將傳向米卡加茲爾克上校。教唆人們叛亂，卻連三餐飯錢都拿走，他們不可能受得了。就用『為了支援米卡加茲爾克大元帥閣下的大義之戰』當作徵收物資的名義，雖然這得要士兵們演演戲。」

我歸納得還不錯，馬修邊說邊心想。他順著勢頭再往下說。

「總之，讓他失去州民的支持。對於在這個州長期經營兵團的米卡加茲爾克兵團來說，這應當是與飢餓不相上下的恐懼因素。其效果不久後會擴及加爾魯姜市內，不分軍人和民眾，他們當中應該很多人都在城市外有知交好友。一旦察覺自己的行動導致同伴挨餓，就無法一直對狀況樂觀以對。

從一時的狂熱清醒過來的團體將迅速失去統馭力——隨即瓦解。不必等到物資枯竭。」

馬修說明提案手法的優點，簡短地指出根據與結果。在對方指出缺點之前先自行補充比較好——他留意到演講的順序，細心地按部就班論述。

「雖然需要連續的處置……比起從正面攻略城塞，此一作戰計畫需要的人手及費用都遠遠少得多。因此我推薦這個做法。」

「……我同意馬修少校的提案。」

托爾威的支援成了報告的結尾。不顧沉思的軍官們，黑暗深處傳來佩服的氣息。

「基於判斷州民的支持乃敵軍基礎所做的提案嗎？原來如此，很有你的風格。不愧是自幼便觀摩父親經營兵團成長的人。」

微胖青年吞了口口水。他早已做好覺悟，這位君主現在才要展現嚴厲的一面。

「不過，說不上沒有瑕疵。應該說——就算是作戰的一環，你過於輕忽長期放置叛亂的風險。」

「……………這……」

這是他難以否定之處。要推翻早期解決的前提，這當然是個問題。

「如果反叛只限於此州內部解決還好。不過，萬一其他兵團連鎖性的暴動該如何處理？叛軍將立刻突破封鎖的幹道，重新構築更加堅固、橫跨兩州的補給線吧。這麼一來，你擬定的長期戰計畫豈非將完全崩潰？」

馬修苦思良久後正要開口，又慌忙閉上嘴巴。可以對鄰近州施加政治壓力避免這個問題——他

正想這麼講，卻察覺重點不在此處。

「早期解決這樁叛亂，正是對全國國土施加的最大壓力」。正因為下定決心這麼做，他的君主才親自來到前線。

「你把只為了反駁而反駁的台詞吞了回去吧，馬修少校。你果然不是蠢材。」

比侮蔑及斥罵少見的讚美，少女在黑暗深處抿唇一笑。

「別一臉痛苦地陷入沉默，選擇動搖人心而非攻陷城塞的主意本身沒有任何錯誤。繼續討論吧，從這個前提更進一步思考，該由用什麼方法來動搖什麼人？」

僅僅承繼馬修提案中她所偏好的部分，議論再度展開。本來應由微胖青年贏得的現場主導權，在短短幾句交談後轉移到她手中。

「以米卡加茲爾克上校為中心畫出一個大圓，與叛亂相關的人物放在圓形內側，態度愈是積極，位置就離圓心愈近。」

沉思的軍官們臉色變得越發嚴厲。為了挽回名譽，他們也很認真。

「距離圓心愈遠的人物或團體對叛亂的積極度愈低，心理容易受到外界的干涉動搖。但是，動搖人心帶來的影響力大小與跟圓心的距離成反比。愈接近外圍者愈容易撼動，而撼動位於中心者效果則較大。考慮到這個矛盾──目標應該放在何處？」

當她刻意放緩的說明一結束，在座軍官們同時舉手。

「……首先能想到的，是針對市內全體民眾展開說服。他們雖然被米卡加茲爾克上校籠絡，對叛亂本身應該抱著強烈的旁觀意識。既然是國軍之間的紛爭，即使支持較接近的那一方，卻不太拘泥於勝負——這是帝國民眾的特質。無論從正面或負面意義來說，都信任我等作為守護者的一面。」

「那要動搖他們很簡單。打破那天真的想法就行了。」

她對這個算是及格的意見，輕易地加上答覆。馬修苦澀地彎起嘴角。

「針對民眾下手促使他們叛離都市是可行，不過想撼動核心還需要再有一計。這部分不必大張旗鼓，要動手就該單點突破——米卡加茲爾克上校身邊可有適當目標？」

少女在黑暗中睜大雙眸，金黃色的目光掃過桌邊眾人。在她眼中浮現失望之前，一名軍官從記憶中找出答案。

「——他有愛妾。」

「愛妾？」

「是，雖然是俗稱。他會任命為副官放在身旁的人可分成兩種，一種是一般針對戰術、戰略方面提供建議的參謀人才，另一種，那個——有點難以啟齒……」

「說到這份上我就明白了。愛妾，也就是情婦角色吧。」

在猶豫之際被對方搶先一步說破，軍官惶恐地同意。

「……因此，在他身邊副官之間的衝突從未停止過。純粹靠實力受到拔擢的參謀，與憑外貌與魅力蒙受寵愛的愛妾彼此互相厭惡。大概是想獨占長官關注的心態，連同男女之情一起產生了影響。」

「原來如此——米卡加茲爾克的興趣可真不錯。」

嘲笑震動黑暗。一聽到那個笑聲，軍官們眼中充滿了恐懼。因為他們回想起當君主這樣發笑時，代表是那種結果的前兆。

「好，這樣就知道下手目標在哪裡了。接著進入具體的立案——無論作戰計畫如何安排，都需要有人在都市內部活動。有辦法將這些人員送進加爾魯姜嗎？」

「依照做法而定，是可以的。但恕臣惶恐，陛下——」

做好遭到訓斥的覺悟，馬修開口。然而，他鼓起的勇氣立刻被壓下。

「後面的話不必再說。馬修少校，你其實也察覺了吧？只要稍微用點旁門左道，迅速攻陷那座都市絕非不可能實現之事。」

「陛下，那是……！」

不該用的方法。正要脫口而出，微胖青年的咽喉本能地僵住發不出聲音。因為從那雙在黑暗深處發光的黃金雙眸裡，看不到一絲遲疑。

「那就去做。不必煩惱，你們的君主早在許久之前就已偏離正道——早在最開始的時候，從跨出第一步起就是如此。」

＊

「——好驚人。看啊，周邊真的完全被包圍住了。」

此處是兼具運動場及集會場地功能的公園與噴水池等公共設施的集散地，加爾魯姜市第三層。平常總是在較低層生活的部分市民自發性地聚集於此，眺望城牆之外。

「那是中央派來的軍隊吧？不要緊嗎？雖然米卡加茲爾克大人說不必擔心……」

「別擔心～國軍內鬥至今發生過好幾回，我們總是置身事外吧？反正這次也一樣。」

一對年輕男女正在交談。儘管置身在城市被大軍包圍的危險狀況中，一得知對手是國軍，帝國民眾總是有把內戰當成某種稀奇活動看待的傾向。

「就算開打，也不會發展成連我們都受波及的大戰。吶，妳也過來瞧瞧。難得我特地跟鄰居借了望遠鏡，來享受作壁上觀的樂趣吧。」

「你真是的……」

他身旁的女子傻眼地說。緊接著，看著望遠鏡的男子再度開口：

「……喔？有支部隊穿越包圍接近這邊。」

「咦？在哪裡？」

「看，在那邊。他們打算幹什麼？」

男子以空著的左手指尖指出地點，定睛看著鏡片後的景象。看清詳細情形後，他皺起眉頭。

「……那是什麼？他們拉著一些怪傢伙過來了。」

由領頭的帝國士兵們帶來的那些樣子奇特的人影躍入眼簾。男子企圖看清那些米粒般大小人影的真面目，但望遠鏡倍率不夠使男子嘖了一聲。

「戴手銬繫著腰繩……頭上還罩著袋子？真叫人不安，簡直像帶罪犯遊街示眾一樣。」

「也給我看看。」

女子也不禁在意起來，催促他交出望遠鏡。經過一番爭論之後，搶到望遠鏡的她終於目睹那幕問題景象。

「是那個對吧。他們很接近外牆附近了。那些怪人排成一排——？」

在她的視野中，手拿上刺刀風槍及弩弓的軍人走向排成一排、雙臂依然被束縛的問題人物——下一幕讓望遠鏡從女子手中掉落。

「——刺下去了。」

*

「嘎啊——！」「咕喔喔喔！」「嗚啊啊啊啊！」

由瀕死前的慘叫交織成的大合唱在晴空下傳遍四周。士兵們當中有人難以忍受地別開頭，也有人眼角泛淚。

「……結束了，班長……」「……唔。」

身上噴濺著血花的部下顫抖地報告。儘管倒臥眼前的屍體令他感到事情已無法挽回，擔任班長的男子還是依照步驟進行自己的工作。

「——在皇帝陛下的威嚴之下，向加爾魯姜全體居民宣告！就在剛才，與你們連坐的罪犯已遭處決！」

班長朝向聳立的城牆拉高嗓門大喊，站在一旁的光照兵緊接著開始傳遞光訊號。雖然不知道聲音能傳遞多遠，反覆發出相同內容的光訊號他們必定收得到。

「整個城市勾結叛亂乃是重罪！其罪責不僅限於本人，更禍及滿門！現階段留在加爾魯姜市內者，與其親人無一例外都是制裁對象！」

吶喊著違反自身常識的內容，班長胸中湧上難以言喻的不快。

「這次處決的八名罪犯，是在東北茲艾利鎮逮捕的連坐犯！從今以後，我宣布我等將從州內所有村落逮捕相關者，在此地持續處決！」

士兵們的表情抽搐。宣布要持續處決——代表從明天起還要繼續相同的工作，這個事實令他們恐懼。

「償還你們所犯重罪的方法只有一個！立刻停止固守城堡，打開城門！好好領會皇帝陛下的慈悲心腸！在你們贖罪之前，連坐犯的鮮血將不斷染紅這片大地！」

口腔異常地乾燥。在自己淪為窮凶極惡之徒的錯覺中，班長依然沒有沉默的權力，按照計畫唸起第二遍宣告。

「重複一遍！在皇帝陛下的威嚴之下，向加爾魯姜全體居民宣告——」

＊

「——抓來連坐犯處決？」

果汁從右手的銅杯中灑了出來。收到部下報告的瞬間，米卡加茲爾克胸中湧現的亢奮徹底消失，沉沉的黑暗開始籠罩他的內心。

「怎麼可能！既然自稱是國軍，不可能被容許做出這種暴行！」

「不過——這是事實。部屬在外牆的士兵有許多人都目睹了那一幕。」

「參謀」副官梅特拉榭以僵硬的語氣告訴他。她的長官咬著拇指指甲沉思。

「對面的司令官是誰？在帝國軍當中，當真有人會訴諸這種手段……？」

參謀對自言自語的他進一步補充道。

「儘管不清楚是否與此事有關——我方從敵軍舉起的部分旗幟上辨認出王冠圖案。」

米卡加茲爾克猛然轉向屋外。此人心中也保有無法忽視這個事實的敬意。

「皇帝陛下親自駕臨？雖然聽說過她在登基後多次前往前線……」

思考這個事實與現狀有無關連，男子苦笑著搖搖頭。

「……不，實在無關吧。陛下還是年僅十六歲的小孩，這年紀不可能指揮大軍，只不過是被拿出來當神主牌罷了。」

當長官做出結論，參謀看準時機提出下一個應當憂慮的問題。

「處決的謠言口耳相傳開來，造成市民之間的不安。既然預計要長期固守城塞，不能無視這個傾向。現在必須請大元帥閣下發表演說，安撫民眾的心──」

話還沒說完銅杯就扔了過來，橘子汁潑灑在她胸口。煩躁地擲出杯子的長官怒吼：

「不用妳說我也知道！」

話聲方落，男子便轉身走出司令室。在低頭目送他離去的梅特拉樹背後，「愛妾」妮雅姆哼了一聲開口：

「像個笨蛋似的，又惹火他了。」

以手帕擦拭胸口的漬痕，梅特拉榭冷冷地回應那帶著敵意的台詞。

「……我和只需要討好飼主的妳立場不同。」

接著兩人無言地互相瞪視。這一幕比任何話語都更清楚描述出，中間夾著長官的兩名副官關係如何。

「加爾魯姜的市民們！保持肅靜！請保持肅靜！」

聽說方才那場「處決」的大批市民幾乎塞滿市內第三層通往上層的階梯前方，未經許可的一般人能夠進入的最後區域。米卡加茲爾克趕到那裡，在質問聲湧來前搶先開口。

「在你們當中，應該有很多人聽說了剛才的處決消息吧！聽到此事後，各位想必也明白！國軍已徹底喪心病狂！」

切身感受到市民們的騷動，男子繼續往下說。

「各位可明白？那些傢伙將應當保衛的人民性命當成道具利用！為了逼我們感到恐懼而投降──此等惡行斷不能容！假借尚且年幼的皇帝陛下的威望做出這種暴行，那些傢伙才是真正意義上的叛軍！」

他強調大義與自己同在，藉此設法應付拿不出具體方法解決市民不安的狀況，男子全力試圖轉移眼前眾人的注意力。

「不過，我不會輸給他們！我要堅決對抗叛軍的暴行，保衛各位的身家性命！絕不讓敵人踏入加爾魯姜市內一步。請各位放心！」

儘管是空泛的承諾，這番話配上他本人相貌堂堂的外表，多少安撫了市民們。但光如此不可能敷衍得過去，質問在他話聲停頓的空檔一擁而上。

「可是，處決怎麼辦？」「這次遇害的是誰！」「我在茲艾利鎮有親戚……！」

「請冷靜！各位請冷靜！」

除此之外，他什麼也沒說。直到市民們叫喊到累了為止，米卡加茲爾克刻意停頓一會。向亢奮的人群說話時，感受整體的呼吸趁隙發言是關鍵所在。抓準喧囂平息的時機，他再度開口。

「──不可上當！敵人的目的就是像這樣煽動各位動搖人心！他們想要打亂我等的團結從內部

引發崩潰，不可屈服於這種卑鄙策略！不可認輸！」

男子一邊說一邊拍拍厚實的胸膛。以這堪稱是他自身象徵的舉動再次彰顯存在感，奈安．米卡加茲爾克高聲宣言。

「請交給我處理！我米卡加茲爾克答應各位，必定會帶來最好的結果！如至今為止我所做到的一樣，我會一直保衛這個城市和州的和平！請各位相信我的話，暫時再忍耐一陣子……！」

「開始射擊！別讓敵人接近！」

壓縮空氣的爆炸聲在號令之後傳遍四周。駐紮在加爾魯姜的士兵們從屏障上迎擊全面包圍城市並屢次接近的國軍作為對抗。

「可是，隊長……那玩意的用途是什麼？」

一名士兵說出疑問。在他們瞄準之處，全長有平均成年男子身高七至八倍的木造投石兵器，保持超過一百公尺的距離並排著。

「接近外牆的只有三架大型投石器和少量步兵。以聲東擊西來說規模太小了。」

「我知道，但也不能忽視不理。」

隊長同樣無法判斷對手的意圖。在狐疑的他們目光所及之處，原本豎起的投石器主棒嘎吱作響地漸漸彎倒。

「要投石了！全員戒備！」

發出警告後沒多久，三個重物隨著劃破空氣的聲響飛來。物體緊貼越過著外牆正上方，在空中描繪出拋物線墜落在士兵們背後。

「馬上確認中彈點！報告損失！」

在附近的士兵立即奔向墜落地點，不到兩分鐘後就送回報告。

「人員、建築物皆未受損！墜落物既非石頭也非砲彈！」

「什麼？那他們投擲了什麼過來？」

「請等一下。外面用皮囊包了好幾層，內容物還不清楚……」

「小心點。有可能是丟了動物屍體進來想引發傳染病。」

一邊提醒部下小心防備，隊長自己也走向墜落在附近的那一處。謹慎剝開皮革的士兵看到裡頭的東西後倒抽一口氣。

「是——是骨頭。」

「什麼？」

「看來是三顆人類頭骨和大量的……人骨碎片……」

遲疑著不敢觸摸確認，士兵直接向長官報告他所看見的。此時，他發現另一個異樣之處。

「——請等一下。頭骨口中有東西……折疊的羊皮紙？」

士兵以指尖拈起羊皮紙抽出來，放在地上攤開。瀏覽過紙上記載的文字，他再度啞然無言。

「喂，別不說話，把內容唸出來。」

「……『這是卡奴哈村連坐犯的下場。要是不開城門，你們遲早也會走向同一條路』……」

部下告知的內容，令隊長憤怒地歪歪嘴角。

「又是恐嚇……給我扔掉！」

「請、請等一下！假使這是連坐犯的遺骨，市民當中說不定有他們生前的好友。輕忽處置恐怕不妥。」

「嘖……碎成這樣，根本分不清是誰的骨頭。」

連隨便處置都不行的狀況，令隊長不禁嘖了一聲。此時，調查其他墜落地點的士兵們趕了過來。

「其他兩處也檢查過了。除了羊皮紙上記載的村落名稱之外，內容物幾乎相同。」

「……總之先集中放到一處。通知大元帥閣下請他示下。」

隊長發出深深的嘆息命令道。他忽然想到什麼，重新轉向附近的部下。

「喂。這件事千萬別告訴市民，只會激起不安。明白嗎？」

士兵們連連點頭。然而——難堵悠悠之口。雖然想靠現場指揮官的指示徹底隱蔽情報，然而此刻知道投擲「內容物」是什麼的人已經太多了。

「……你聽說了沒？這次他們好像扔了白骨進來。」

當天晚上，骨骸之事已傳進軍人之外的市民耳中。固守在同一個城市裡，軍民自然會有所交流。豈止如此，擴散的情報更由於一再口耳相傳漸漸加油添醋。

「是大量的白骨吧？只算外面被處決的傢伙數量對不上。他們在別的地方也這麼幹。」

「連我們都被當成叛逆分子是真的嗎？我們只是碰巧住在這個城市裡而已啊？不可能對吧？」

沒有人能明確地回答男子不安的疑問。在氣氛越發沉重的酒吧桌子邊，市民們為了拋開不安仰頭灌酒。

「……市內的氣氛一天變得比一天陰鬱。」

城市的狀況在數天後化為無法忽視的問題報告給司令官知道。在愛妾妮雅姆服侍之下，米卡加茲爾克神情苦澀地抱起雙臂沉吟。

「我沒料到會發生這種情況。若國軍以武力進攻我自有方法因應，但沒想到竟像這樣僅僅徹底地動搖大眾心理……」

「不只市民，驚慌的情緒也在士兵們之間蔓延。我不得不承認，那些表演對於沒做好被認定為叛逆分子覺悟的基層兵卒來說極為有效。」

梅特拉榭的發言更加凸顯出嚴峻的現實。先是厭惡地瞪著迫使飼主面對痛苦的參謀，妮雅姆轉而露出諂媚的笑容貼近男子。

「米卡加茲爾克大人，請您打起精神……」

「住口，妮雅姆，妳一點也派不上用場。」

米卡加茲爾克對愛妾發出沉重的斥責，梅特拉榭嘴角流露出難掩的優越感。

「容屬下僭越，提出一個提案。想轉換因為噩耗不斷變得沉重的氣氛，效果最佳的就是簡單的喜訊。現在由守勢轉為攻勢，打出一番戰果如何？」

「——還不壞。不過，有可能做到嗎？」

「我認為可行。也許是認定我軍徹底固守城塞，敵軍對自家營的防禦漸漸鬆懈，處處可見防禦薄弱之處。設置在都市東北方的物資集聚地也是其中之一。」

梅特拉榭指向攤放在桌面的都市周邊地形圖繼續說明。

「趁著黑夜猛攻此地。除了奪取物資充作守城的糧食，給予敵人迎頭痛擊的事實更能夠激勵市民們。最重要的是——」

「——可以向市民們宣傳，我等不會任人宰割？」

男子一邊檢討一邊連連點頭，最後再度轉向參謀下令。

「我准許實行這項作戰。由妳來擔任指揮，梅特拉榭。全部交給妳處理。」

「謹領大任。」

梅特拉榭敬禮領命。愛妾怨恨的目光，對此刻的她來說比什麼都令人愉快。

*

「──我指示的地點可是放鬆戒備了？」

「是，一切都按照陛下旨意進行。」

托爾威．雷米翁保持跪姿回答君主的問題。在專為一人搭起的大帳篷內，翠眸青年與絲絹簾幕後的絕對存在對話。

「快的話就在今晚，他們遲早會襲擊那裡。按照事前準備的歡迎他們。」

「今晚……嗎？」

「可能性不低，因為那邊的參謀急於立功。」

簾幕另一頭傳來低笑。托爾威低垂的目光一動也不動。

「你們說米卡加茲爾克手下有兩種副官，即參謀和愛妾──你認為這兩者之中，誰在平日裡更渴望立功？」

被她問到的青年思考一會後回以沉默。這多半涉及男女關係的微妙處──他本身也清楚，自己無法對這方面的問題說出什麼風趣回答。

「不知道嗎？是參謀。愛妾每晚都有機會博取飼主的好感，參謀卻非如此。若想要立下大功吸引長官的關注，只有在發生戰爭時才辦得到。」

原來如此。托爾威意會過來出聲說道。那就不是僅限於男女關係的情況了，青年改變想法，在心中暗暗自愧無能。

「因此，那邊的參謀對於機會十分飢渴，很可能跳進我方布下的陷阱。」

翠眸青年也同意地頷首。越過簾幕射來的目光凌厲地貫穿了他。

「不要吝惜誘餌，儘管灑出去。只要假裝成上當的樣子，那些傢伙就會拚命把戰利品搬回巢穴——對裡頭下了毒一無所知。」

＊

同日深夜。由梅特拉榭提案的作戰計畫按照預定執行，途中沒遭遇任何阻礙順利成功。梅特拉榭將奪取的物資全部交給部下處理，她踏著微微加快的步伐走向長官正在等候的司令室，報告達成任務的消息。

「突襲毫不費勁地成功了，看來他們果然放鬆了警戒。在敵軍匯集過來之前，我軍便成功將幾乎所有儲備的物資搬空。」

參謀裝模作樣地報告。米卡加茲爾克聽到後轉眼間面露喜色，一把抱住副官。

「幹得好，梅特拉榭！真是無可挑剔的成果，這下子市民們的心情也會略為好轉。」

「承蒙謬讚。」

被他粗壯的胳臂強而有力地擁抱著，梅特拉榭一臉陶醉地回答。男子又湊在她耳畔呢喃。

「晚點到我房間來領賞。」

「……是。」

梅特拉榭點點頭並安靜地退開，行禮之後走出司令室，正好與板著一張臉站在走廊一角的「愛妾」四目交會。

「怎麼了，妮雅姆？愣在那邊生悶氣，不賣弄妳最拿手的魅力嗎？」

「……！」

遭到挑釁的妮雅姆抿起嘴角回瞪過來，梅特拉榭露出游刃有餘的笑容接下她的目光。

「這樣就好。妳似乎忘了，這裡是戰場——只懂得諂媚的母貓別出來礙手礙腳的，躲到角落發抖吧。」

挑準關鍵之處乘勝追擊後，她得意洋洋離開現場。

同一時間，在按照梅特拉榭指示奪得的大量物資中，出現好幾個蠢蠢欲動的氣息。

「——外頭的人聲減少了。」

「好，都出來。」

躲在物資裡的帝國兵自內部打破木箱及麻袋，接二連三地現身。拿起一起裝在箱裡的武器，以班為單位點名確認人員沒有短少。

「別被哨兵發現，直接混進市區裡。」

將空空如也的貨箱推進深處避免引人注目後，他們屏息溜出儲藏庫。一個排共四十名士兵陸續消失在黑暗中。

兩週之後。違背米卡加茲爾克等人的期待，加爾鲁姜市內的氣氛日漸惡化。

「今天又有人被處決……」「照這樣下去連我們都會……」「住在其他城鎮的家人還平安嗎？」

在都市外牆俯瞰可及之處舉行的公開處決與兼具勸降作用的投擲骸骨行動沒有一天中斷過。然而——令市民人心動搖的還不只這些事實。

「——事情交給米卡加茲爾克大人處理，我們都會死光！」

危言聳聽的叫喊在街道一角迴盪。從按照梅特拉榭參謀的提案奪取國軍物資的那一天起，市內各處冒出像這樣發表激進言論的人。

他們是假扮成旅行商人、流浪神官或乞丐的國軍特務。異類想混進平常便出入頻繁的都市十分簡單，躲在物資裡入侵市內的他們，首要任務是煽動市民解放都市。

「喂，別亂講話。」「巡邏兵會聽見的。」「可是，照這樣下去的確……」

雖說是進行地下活動，他們並沒有特別做些什麼，只是搶先把人人都開始隱約感受到的不安喊出口。僅僅如此，就使得都市的氣氛漸漸改變。對於煽動的一方來說，懷抱模糊的危機感卻欠缺自主性的人類群體易於操縱得令人驚訝。

「——吶～不然這樣做吧？由我們來打開城門。」

當不安上升到一定程度，他們終於提出具體的行動。此時，市民們已不由得覺得這樣的提案充滿真實感。已被特務馴養得會冒出這樣的念頭。

「大伙多湊些人，衝到路面寬敞的北門去。只要一大群人一起抗議，士兵肯定放行。畢竟咱們沒有任何錯吧？不，豈止沒有錯，米卡加茲爾克大人擅自發起叛亂拖咱們下水才傷腦筋呢。萬一受牽連被處決，開什麼玩笑。」

既未贊成也未反對，市民們只顧著東張西望地觀察其他人的反應。然而——特務接下來的發言悄悄地促使膽小的群眾下決定。

「不必全部人都逃跑，想留下的傢伙儘管留下。不過，就算咱們跑了對戰力也沒有影響，沒必要覺得對不起米卡加茲爾克大人。同樣都是支持，在城外支持還不是一樣？我有說錯嗎？」

用來消除罪惡感的藉口，替他們的企圖添上最後一筆。當群體意識走到這一步，之後放著不管也不會有多大的差異。陷入集體心理的市民們，獨自奔向特務誘導的終點。

「盡可能通知更多人，明天傍晚行動。」

隔天，應當發生的狀況發生了。

「大元帥閣下！期望撤至市外的市民們湧向北門！」

梅特拉榭衝進司令室同時大喊。米卡加茲爾克抱住腦袋呻吟。

「怎麼可能，市民等得不耐煩的速度太快了……！說服群眾叫他們解散！不能在這種狀況下打開城門！」

「我已經嘗試過了，但市民們太過激動沒有人聽得進去。別提說服，就因為太過吵雜連聲音都傳不出去……」

參謀面露羞愧地說。男子怒火中燒地俯瞰下方的街景。

「夠了，我來出面！只要我開口，市民們也會——」

「……？不行，太危險了，閣下！」

擋在衝動的長官面前，梅特拉榭愈說愈激動。

「從固守城塞後經過這麼長的時間，敵兵入侵市內的可能性不等於零！這個情況是不是為了誘出閣下設計的圈套也不得而知。如果閣下出現在市民面前，或許會瞬間被風槍狙擊……！」

「嘖……！」

理解風險的米卡加茲爾克表情扭曲。趁著他還沒發脾氣，梅特拉榭搶先決定如何行動。

「……市民們由我來應付。請閣下繼續坐鎮司令室。」

留下這句話，她立刻不由分說地走出司令室。此時——她發現妮雅姆正和上次一樣站在距離門口幾步路的走廊邊。

「——這不是妳的錯嗎～？」

「愛妾」壞心眼地問正要經過眼前的「參謀」。

「雖然米卡加茲爾克大人沒注意到，對敵兵可能入侵市內這檔事，妳心裡有數吧？」

「…………」

「是那時候對吧。在妳一臉得意地搶來敵軍糧食時，我看敵兵也混在裡面一起進了城吧？物資集聚地的防禦之所以薄弱是誘餌，自以為立下功勞的妳完全上了敵人的當。」

妮雅姆咯咯發笑地指出對手的過錯，梅特拉榭握緊雙拳垂下頭。

「……我無法否認。如果妳希望我道歉，我願意低頭道歉——但是，妮雅姆，我現在有一件更重要的事想拜託妳。」

強行按下痛苦哀鳴的自尊心，她懇求最厭惡的對手。

「在我前往北門時，請勸住米卡加茲爾克大人。儘管接下這個任務，要說服市民想必會碰到困難……這麼一來，閣下說不定會等得不耐煩想親自出面。」

「妳要我攔住他？嗯～這個嘛～」

「求求妳！想保護閣下的心情，妳我都是一樣吧？」

梅特拉榭拚命鞠躬懇求。那股不顧顏面的氣勢令妮雅姆瞪大雙眼，接著嘆口氣聳聳肩。

「坦白說，我覺得米卡加茲爾克大人差不多要倒霉了。」

「…………啊？」

無法理解她說了什麼的「參謀」反問。妮雅姆突然改變態度換個說法。

「一開始先是興致勃勃地固守城塞，但到了這個地步，情勢完全不利嘛？就算支撐過眼前這幾天，感覺他遲早會輸。我啊，唯獨在這方面的直覺特別敏銳。」

「妳……說什麼……」

「就是指戰敗後的事啊，我們彼此都該考慮一下前途比較好。」

還沒聽完，梅特拉榭的身體就行動了。搧向妮雅姆臉頰的巴掌，被事先察覺得她輕鬆躲開揮了個空。

「不知羞恥！妳竟敢在我面前講這種話……！」

「喔～好兇。一本正經的傢伙就是這樣才麻煩～」

妮雅姆邊開玩笑邊重新拉開距離，刻意地發出嘆息。

「醜話說在前頭，可別拿我剛剛說的去告密喔？就算妳去揭發我，我也會堅持都是妳編出來的。這樣只會讓閣下的心情變得更糟。」

「…………！」

「相對的，是妳導致敵人入侵的事我會保密。就這麼扯平如何？」

妮雅姆提出祕密交易讓梅特拉榭咬牙切齒，目光從她身上別開。

「……勸住閣下的任務就交給部下去辦。拜託妳是個錯誤。」

「是是是～妳就加油吧，儘管我覺得八成是白費力氣。」

妮雅姆揮揮手。努力說服自己沒這回事，「參謀」再度在走廊上邁步前進。

在都市北側的城門，士兵們正被迫面對背著行李蜂擁而來的民眾。從一大早開始聚集的市民隨著時間過去愈來愈多，如今淹沒了城門前的道路。

「別再靠過來！」「退後！退後、退後——！」

「糟糕，人數愈來愈多！」「擋不住了，該怎麼辦！」

將人群擋回去的士兵之間也發出哀嚎。看出狀況惡化的指揮官，經過一番苦思後下了決定。

「實在不得已，只好鳴槍警告！朝空中鳴槍！」

接獲命令的士兵們舉起沒有填充子彈的風槍，一起對空鳴槍。壓縮空氣的爆裂聲響起，前排的市民們露出怯色，對於後面的人卻影響不大。慌亂的民眾立刻與後面的人交替，群體又恢復和先前相同的氣勢。

「不行，槍聲被喧囂蓋過……！」「一點警告效果也沒有！」

發現效果不彰的士兵們嘖了一聲。能靠著聲響警告解決的階段早已過去，想同時嚇退人數如此龐大的人群，不是抬出爆砲，就是得放棄這一招。

回到混亂現場的梅特拉榭，對於短時間內惡化得超乎想像的狀況感到一陣戰慄，開始指示周遭人員。

「這裡的人手不夠應付這麼多市民。呼叫更多支援！你們排到門前組成人牆！特別是城牆上的開關裝置，絕不許他們靠近！」

眼見難以將全部群眾擋回去，梅特拉樹先設定必須守住的要點，在該處集中兵力。然而，那些士兵立刻發出疑問。

「這麼被動行嗎？市民完全群情沸騰，我看不見血沒法收場——」

「不可以！盡力避免傷及市民，這是大元帥閣下的命令！」

女子斷然搖頭。正因為知道市民的支持是米卡加茲爾克的立身之本，梅特拉樹在此劃下不可退讓的底線。一旦被民眾拋棄就完了——身為地方的軍官，這項認知超越理論深深在她心中扎根。

「只有當有人想動開關裝置時才准許開火！只要守住那裡，不管湧來多少群眾，城門都不會打開——」

剛下令到一半，響亮的鐘聲忽然傳入她耳中。警鐘從群眾的另一頭——都市的中心傳來。

「——怎麼回事？」

沒多久後，傳令兵錯愕地飛奔而來。

「敵、敵襲——！敵軍大部隊正接近都市！特別是南側，敵軍正用攻城武器發動大規模的攻勢！」

「什——」

她有數秒啞口無言，表情悔恨地扭曲起來。

「時機算得太準了。果然中了暗算……！我收回剛剛的命令，將呼叫的兵力派往南門！現在不是拘泥於這些市民的時候！」

「那這裡該怎麼辦！再怎麼說也不能丟下不管啊！」

「在關閉裝置前留下一個排，繼續從城門上往內進行鳴槍警告。敢在槍林彈雨中衝進來的市民想必不多，靠這個辦法設法支撐過去！」

梅特拉榭最後如此下令，往遭遇敵襲的都市南側前進——然而，她忽略了一件事。在場士兵要應付的，並非純粹的市民。

「看啊，城門開關裝置就在那裡！往那個地方衝過去！」

梅特拉榭離開城門前不久後，注意到城牆上開關裝置的市民開始針對該處。唆使他們的，當然是潛入市內的國軍士兵。

「別過來！長官已下令准許開火，誰上來這裡就要挨子彈！」

這麼一來，負責防衛的士兵們也不得不舉槍。看著他們在階梯上排成一排保衛開關裝置，顯然軍方無意放人出城，使市民們的不滿爆發。

「什麼？別開玩笑了！」「讓我們出城！放我們自由！」「這邊可是有婦孺在啊！」

當眾人的注意力聚集在大聲抗議的市民身上，國軍士兵看出「時機」到了。

「——好，動手。」

一下令開始攻擊，他們從人牆縫隙間伸出槍口——扣下扳機。

「嘎——！」「……！咕啊！」「……什……？」

階梯上的士兵們中彈蹲下身。以為只需應付「市民」的他們無法馬上因應狀況，僵住不動。

「敵、敵襲——！那些傢伙有風槍！」「開火！開火反擊——嘎？」

來自另一個角度的掩護射擊毫不留情地襲向幾秒鐘後終於展開迎擊的守城士兵們。眼見同伴一個接一個中彈，士兵們愕然地瞪大雙眼。

「射擊不光只有正面！」「可惡，在哪裡？是從哪邊瞄準的？」

他們匆忙地環顧四周，這番努力卻沒多少意義。進行掩護射擊的狙擊兵分別配置在約四十公尺外的樹上、約六十公尺外的屋頂以及另外兩處。

作為帝國要塞都市，國軍方面自然知道加爾魯姜的結構。國軍士兵也知道開關裝置位於城門邊，在潛伏期間仔細地擬定了鎮壓該處所需的戰術。

開關裝置本身雖然位在牆上深處，保衛通往裝置階梯的士兵們卻不得不曝露在射擊中。從容許特務侵入市內起就有五成，沒預料到這場襲擊則有十成機率，國軍事前就確定對方會處於劣勢。

「迎擊停了——就是現在，衝過去！」

在狙擊造成相當損害之際，混進市民之間的正面進攻組同時衝鋒。畏懼射擊退後到城牆內側的敵兵無法充分迎擊這波攻勢，在怯懦的時候遭受攻擊，他們沒抵抗滿一分鐘就宣告全滅。

「鎮壓完畢。開關裝置怎麼樣了?」

「已經拿下!立刻進入開門作業!」

「動作快!趁現在引友軍進城!」

接獲命令的士兵們集結十人之力轉動起巨大的門把。數十秒鐘後,牢閉的城門開始嘎吱作響。

*

另一方面,微胖青年率領的一營部隊也從城外目睹這一幕。

「馬修少校,正面城門打開了!」

「嗯,看來潛入部隊做得很好——帶頭的工兵部隊,往城門前進設置夾具!其他兵員掩護他們!」

士兵們即刻應對展開攻城。工兵穿越來自城牆上的射擊奔向開啟到一半的城門,在護衛步兵的保護下往城門左右兩端設置約兩公尺高的木造夾具。

「城門內人山人海!進攻部隊不要急著前進,先讓路給逃出城的市民通過!城門下方設置了夾具,再也無法輕易關上!」

成群的市民在下達指示的馬修眼前衝了出來。由於擔心誤傷市民,在人群沒停步直往前跑時,城牆上的敵兵也很安分。

「大規模的群體都通過了！現在城牆上的射擊也停止了！」

「好，衝進去！一口氣侵入市區！」

從群眾人潮離去的那一瞬間起，市民們眼中的出口化為馬修等人的入口。帶頭的部隊衝進都市內，要塞都市加爾魯姜的陷落就此以決定性的形式展開。

＊

「這——這是怎麼回事？」

都市的統治者目瞪口呆地俯瞰著那宣告他的野心終結的景象。

「北門被突破了……國軍不都跑進城裡了嗎！」

米卡加茲爾克歇斯底里地叫嚷著，周遭的幕僚表情抽搐地向他報告：

「現、現階段我軍正在第一、第二層與敵軍交戰。不過……由於兵力大都調往都市南側，人數不利的市內友軍形勢不妙……」

「這麼一來，想奪取及維持第二層以下的區域已然無望……應當依序撤退下方兵力，防衛包含此處在內的上層。」

「到哪裡！有辦法防衛到哪裡！」

「以、以實際情況來看……應將放棄第三層也納入考量，死守更高層……」

幕僚們邊擦拭額頭冷汗邊回答，所說的內容令米卡加茲爾克感到一陣暈眩。

「只剩第四、第五層……？市區幾乎全面陷落，這不等於都市有一大半落入敵手嗎！」

回過神時已在一瞬之間被奪走大部分的內臟。被宛如夢魘般的漂浮感所困，男子依舊掙扎著尋找生路。

「總之，叫南側的兵力回上層！既然對方入侵市內，再防守城門也沒有意義！不先鞏固防衛重整旗鼓簡直不像話！」

聽到這道命令，幕僚們尷尬地面面相覷。

「外牆南側的部隊被從城外攻入的敵軍與攻進北門的敵軍包夾，正在交戰……」

「即使很想召回部隊，也不知道有多少人能回到這裡……」

連召集剩餘兵力都做不到。得知這個事實，連掙扎也變得困難的米卡加茲爾克不禁呆立當場。

「……吶～你們幾個。這該不會——」

從窗邊俯瞰加爾魯姜的街景，男子面對著長久以來都很熟悉的景色問道。

「——是場敗仗？」

幕僚無人開口，沉默就是所有的答案。

＊

戰爭在迎向正午時分出勝負。從國軍部隊開始自北門衝進市內，與司令官失去聯繫的孤立士兵們陸續投降。一直抵抗到最後的南門勢力，終於也在看見司令部豎起白旗後放棄抗戰。

「背後有槍口指著你們，別打歪主意。」

原本在南門指揮現場的梅特拉榭在投降的同時被俘。馬修一邊要部下們舉槍，一邊走到她背後。

「……以軍官來說，你看上去非常年輕，你是營長？」

「我是陸軍少校馬修·泰德基利奇。要是別提年齡這件事，我會很感謝妳。」

青年一臉厭煩地回答。聽到這句話，梅特拉榭總算理解。

「原來如此，你是傳聞中的『騎士團』成員嗎……在先前的內亂中投靠有利的一方，飛也似的出人頭地。真是令人羨慕不已。」

「如果這是打算挖苦我，你們可沒資格說這種話。」

「對極了。就當成是吃不到葡萄說葡萄酸吧。」

對連一句諷刺也說不好的自己感到失望，梅特拉榭大大地嘆口氣。踏著通往都市上層的階梯，再度發問。

「你們要帶我去哪裡？可以的話，我想確認米卡加茲爾克閣下的安危。」

「妳之後應該會見到妳的長官。不過，我不保證他平安無事。」

青年以不帶感情的語氣回答。「參謀」凌厲地吊起雙眼。

「……這話是什麼意思？」

「因為得依陛下的意思決定……妳最好也趁現在做好覺悟。」

馬修始終淡淡地說道。他沒有用露骨的威脅口氣，反倒讓梅特拉樹感到毛骨悚然。她從走在背後的青年身上感覺到，他正拚命試著接受某種難以接受的事物。

他們於交談中抵達第三層，在國軍接管的房屋前停下腳步。

「陸軍少校馬修．泰德基利奇，帶敵將副官梅特拉樹．蘭茲少校前來──謁見陛下。」

微胖青年帶頭穿越敞開的門踏入屋內。一跟著他走進去，前所未有的寒意立刻撲向梅特拉樹。

「馬修少校，辛苦你了──那女人就是『參謀』？」

軍人們神情僵硬地並排而立，少女的聲音嘹亮地傳遍四周。那道身影就坐在位於屋內最深處的臨時寶座上。

女皇夏米優．奇朵拉．卡托沃瑪尼尼克。她身穿金銀裝飾如繁星般點綴其上的漆黑黑衣，頭戴皇室代代相傳的王冠。今年滿十六歲的身軀抽高許多，五官漸漸褪去稚氣，顯露出聰慧的美麗容顏。女皇左腰佩著一柄軍刀，從開始佩刀起經過兩年，軍刀不再顯得與其體格不相襯。

「皇、皇帝陛下……」

最為壓倒謁見者的，是她嘴角那抹刻薄到殘酷的笑容與雙眸中宛若劫火的光芒。梅特拉樹甚至產生被那道目光灼燒的錯覺，膝蓋咯咯打顫。

黑衣女皇用俯望瀕死螻蟻的眼神望著她，面對俘虜問道；

「是誰告訴這女人，可以在我面前抬頭？」

梅特拉榭本人還沒發覺自己殿前失儀，馬修就先抓住她的肩膀強押她跪下。勉強準備好謁見的形式後，女皇再度開口：

「梅特拉榭．蘭茲。接下來我將親自盤問妳，只准回答我所問的事情。」

「……遵命……」

儘管感到口腔發乾，梅特拉榭設法擠出回應。此時，兩個人從旁邊被拉了上來。是她很熟悉的兩個人——司令官奈安．米卡加茲爾克及其「愛妾」妮雅姆．奈伊少校。

「第一件事。這名男子確實是妳的長官吧？」

女皇自寶座發問。用焦慮的腦袋拚命分析狀況，梅特拉榭謹慎地回答。

「……確實沒錯。這位是我的長官奈安．米卡加茲爾克閣下。」

「好。第二件事，這名女子可是妳的同事？」

她指向另一人問道。這個問題同樣也只有直接回答一途。

「……她是幕僚妮雅姆．奈伊少校。和我、一、一樣是……米卡加茲爾克閣下的副官。」

儘管說得結結巴巴，梅特拉榭還是回答。聞言，女皇的視線像是失去興趣般從她身上轉開。

「好。關於妳的盤問結束了——馬修少校，摀住她的嘴。」

微胖青年奉命從背後架住梅特拉榭，堵住她的嘴巴。她一瞬間險些陷入恐慌，但聽見青年以近乎懇求的語氣呢喃「別掙扎，拜託妳老實點」，她直覺領悟那是青年給予的忠告。她體認到，此時的一舉一動絕不可犯錯，否則這條性命活不到明天。

「那麼，奈安・米卡加茲爾克。可記得我剛剛說過的話？」

女皇轉而望向自封的「大元帥」確認道。梅特拉樹不知道她所指為何，但發現他們在自己到達前曾交談過。跪在女皇眼前，米卡加茲爾克臉上冒著冷汗沉默不語。

「如果你記不清楚，我只重複一遍──若你交出性命，我就饒剩下兩人一命。若你交出她們兩人的性命，我就饒你一命。我是這麼說的。」

梅特拉樹錯愕地仰望女皇，但背後的馬修慌忙按住她。半晌之後，米卡加茲爾克口中擠出聲音。

「……陛下，開玩笑還請適可而止……」

「喔。在你眼中，這看來像是玩笑麼？」

女皇如此回答，微微加深嘴角的笑意。光是那些微的變化就令米卡加茲爾克覺得自己的命運往滅亡邁了一大步，焦慮地採取行動。

「……讓我解釋！懇求陛下給我一個解釋的機會！」

「我允許，說。」

她乾脆地同意。覺悟到這是最後的機會，男子猛然說了起來：

「──我！夏米優陛下的股肱之臣奈安・米卡加茲爾克！正因為替陛下著想，此次方才揭竿而起！為了借陛下威嚴擊退蹂躪國土的叛軍，秉持正當的忠義替陛下效命！為了排除萬難趨謁陛下腳下！」

他竭盡全力的解釋在屋內響起。女皇已露出觀賞小丑表演的愉悅神情。

「真有趣。你稱呼我指揮的國軍為叛軍？」

「正是。恕臣惶恐，正是。」

「就讓我問問你，將他們看作叛軍的根據為何？」

米卡加茲爾克毫不停頓地立刻回答君主的問題。

「容臣回答。只要目睹這次的戰鬥情形，自稱國軍的叛軍諸將，其心肝之卑賤洞若觀火。因為他們將應當挺身保衛的臣民貶低為戰爭的道具，卻不對此等行徑感到羞愧。」

米卡加茲爾克背後的馬修臉色發白。不知是否清楚他的反應，夏米優陛下依舊愉快地繼續問道：

「將臣民貶低為戰爭的道具？具體而言是指？」

「首先，那為使加爾魯姜市民心生恐懼而執行的陰險毒辣公開處決，其作法之愚蠢無須贅述，因此犧牲的許多性命，都屬於被蒙上連坐犯汙名的無辜臣民。可憐的加爾魯姜市民們，只不過是在我起義時碰巧在都市內，卻稱他們為叛賊，稱其親屬為連坐犯，此舉可說是殘暴至極，非筆墨言詞所能形容。」

男子像受到催促般繼續說道。這並非比喻，他將一切全賭在這個解釋機會上。深信眼前的少女——是對臣下的邪惡本性一無所知，可悲地被拱為神主牌的君主。

「再加上，將處決犧牲者遺骨拋擲到市內的魔鬼行徑。只要心中對亡者尚抱持一絲敬意，都不可能做出這等蠻行。雖不知道是諸將中何人想出的，但此案未受掣肘付諸實行的事實，令我難掩恐懼。」

每一個形容詞或連接詞都陰氣逼人。米卡加茲爾克窮盡所知的詞藻，背水一戰地繼續施展辯才。

「未兼具倫理及健全判斷力的軍隊已不是軍隊，等同於魔鬼羅剎棲息的魔窟！不知那些戴著忠臣面具的魔鬼本性，被拱為神主牌的陛下真叫人心痛萬分！求您睜開眼！陛下，求您睜開眼！」

眼裡泛著血絲的米卡加茲爾克大喊。霎時間，被那滑稽表演逗得忍不住的女皇開口：

「那兩個計策出自我的提議。」

男子的時間凍結。在他心中膨脹的妄想，隨著她拋出的一句話出現龜裂。

「——啊？」

「公開處決和拋擲遺骨，你所說的這兩個計策，皆由我構思並下令實行。不過，原來如此——在你眼中看來是魔鬼行徑？」

「咦——啊……嗚、啊……」

大前提被顛覆的米卡加茲爾克舌頭打結。他從某種意義上來說是個純真的人。因為直到這一瞬間為止，他都無條件相信君主具備健全判斷力。

「我反問你，皇帝拿臣民性命當道具使用的行為，何殘暴之有？」

她質疑倫理的基礎。手貼著黑衣胸口，女皇再往下說。

「我乃卡托瓦納帝國現任皇帝。從兩千萬人民算起，國土內存在的所有事物，連一片小草都不過是我的所有物。那麼，誰能夠插嘴指責我該如何使用它們？你哀悼的無辜臣民，的確是按照我的希望濫用掉了。甩開和你同樣訴諸健全判斷力的諸將掣肘，我將其親手丟進戰場化為柴薪點燃熊熊戰火——事情豈非僅僅如此？」

女皇的一舉一動都在表明，她未因此感到任何愧疚。在啞口無言動彈不得的米卡加茲爾克面前，少女忽然想起什麼似的托住下巴。

「啊——對了，還有神來著。四大精靈不屬於我，屬於主神。原來如此，那麼你插嘴干涉我的領域的無禮倒也非無法理解。很遺憾，我至今尚未得知擁有神的方法。」

厭惡地越過天花板仰望天空，女皇的視線重新落在眼前的男子身上。

「那，你可是神？奈安·米卡加茲爾克。」

「——————」

「不是吧。若是神明，不會辯解自己的行為——那麼，你果然是我的所有物。還是已一腳踏進垃圾桶的玩意。別不自量力，蠢材。」

侮蔑的目光貫穿男子。領悟到他以渾身解數施展的辯才全部落空，米卡加茲爾克茫然自失地低頭望著地板。

「浪費時間。不許再作拖延，說出你對先前問題的結論。」

不再觀賞小丑表演，女皇切回原先的話題。對她來說，這才是正題。

「不必想太多。對國家而言，只要有人背負罪名接受懲罰，在維護秩序上就不成問題。三人一起接受懲處也好——但不愉快的是，現在的帝國軍人才奇缺，受過軍官教育的人才非常寶貴。就算要切除腐敗部位，我也想盡可能維持在最低限度。」

她所說的內容忽然變得很實際，讓米卡加茲爾克的大腦稍稍恢復思考的餘力。自己的命運尚未結束——他拚命這麼認定，仔細聆聽女皇的話。

「我將判斷交給你決定，米卡加茲爾克。從軍人的角度來看並不困難吧？讓你一人活命，還是讓兩名副官活命——你只需考慮，哪一個才是對帝國更有利的選擇。」

她最終提示的，是單純至極的二選一。經過剛剛的落空，米卡加茲爾克再也沒有餘力足以顛覆問題本身。

「說出你的答案，米卡加茲爾克。回答是什麼？」

被催促回答的瞬間，他的腦袋停止思考。既然除了回答之外什麼也做不到，那只需對自己坦誠——話語從突然豁出去的他口中輕易地脫口而出。

「——我獻上這兩人。要殺要剮悉聽尊便。」

自己的性命無可取代。這是奈安．米卡加茲爾克此人的結論。

「妮雅姆、梅特拉榭，可別為性命求饒，起碼在最後派上用場吧。」

男子依序瞪著兩名副官，以急迫的口吻警告——那一瞬間，在一旁關注事情發展的「參謀」心中有什麼東西破碎了。她推開馬修摀在嘴上的手，不顧失儀被處死的風險開口：

「——閣下，為性命求饒是什麼意思？」

對著長官的背影，女子以顫抖不堪的聲調發問：

「我的性命獻給了您。我應該反覆一次又一次、一次又一次地告訴過您，在效命於您的歲月中，在愛慕您的日子中——在您的臂彎中。」

往昔的日子掠過腦海，梅特拉樹眼角泛淚。不過——真正令她悲傷的，並非那段日子將要在此結束。

「若您要拿我當踏腳石活下去，我願意接受。從一開始就願意接受。

可是——您連這個約定也不相信嗎？所以、所以您直到最後都懷疑我會改變主意？把我和妮雅姆一視同仁，警告我不可背叛嗎！」

她難以忍受的，是那段日子的價值遭到否定。是從她奉獻一切深愛至今的男子口中，聽到懷疑她奉獻的言語。

「我——我是你的什麼？參謀？妾？還是——兩者都沒當上的沒用棋子？」

男子什麼也沒有回答。眼見時機已至，女皇以眼神示意馬修牽起梅特拉樹的手走向門口。她一邊竭力反抗，一邊悲痛地不斷對男子愈離愈遠的背影發問：

「求求您回答我，米卡加茲爾克大人——」

不放鬆拉著她的力道，是馬修唯一能做到的溫柔。眼前的大門在兩人離開之際關上——梅特拉樹．蘭茲和奈安．米卡加茲爾克從此永無相逢之日。

「——最後一件工作辦妥了嗎？」

女皇冷然的話語，在女子吶喊聲遠去後恢復寂靜的室內迴響。

「那就夠了。向我證明你的恭順之意，米卡加茲爾克。」

被這麼要求的米卡加茲爾克跪在君主眼前深深地垂下頭。

「……全憑陛下吩咐。您想要什麼證據？」

他以無力的聲調詢問，女皇毫不猶豫地命令他如何行動。

「在原地雙膝跪倒低下頭，向我伸出雙臂。」

「……？是，謹遵旨意。」

儘管不明白指示的意思，男子什麼也沒想地依言而行。保持向女皇前傾伸出雙臂的姿勢，米卡加茲爾克再度詢問：

「這樣可以嗎？」

「嗯，非常完備——動手，露康緹！」

一頭紅褐髮絲隨動作飄揚，一名騎士從並排站在寶座兩側的臣子裡衝了出來，揮下長劍一口氣自上臂處斬斷男子毫無防備地伸出的雙臂。

「嗚——喔喔喔喔喔喔喔喔喔喔喔？」

緊接著，男子的慘叫聲充斥整個空間。濃郁的血腥味漸漸瀰漫屋內，女皇不悅地皺起眉頭。

「真刺耳，讓他閉嘴。」

米卡加茲爾克週遭的軍官即刻摀住他的嘴作為回應。揮舞著已斷的雙臂抗拒，男子淌著口水向女皇叫喚。

「您——您說會放過我！只讓我保住一命……！」

「你以為還有機會倖存？真膚淺，叛賊。」

一邊以手肘靠著寶座抵住下巴，少女厭惡地宣言：

「我剛才要你做的，是身為她們長官的最後一件工作。這意思你可明白？」

「哈……啊……！」

「不明白嗎？是繼承。第一次出現在我面前時，『愛妾』裝模作樣地物色起新飼主，而『參謀』到了這個地步還醉心於你。我一眼就看出——想把她們與奈安．米卡加茲爾克分開納為己有，必須經過相對的通過儀式。」

米卡加茲爾克絕望地瞪大雙眼。夏米優陛下加深嘴角的笑意。

「沒有那場鬧劇，梅特拉榭．蘭茲多半會主動追隨你自殺。關於這一點，我要向你道謝，米卡加茲爾克。多虧你用那短短的一幕，徹底地使醉心於自己的女人幻想破滅。如今帝國軍缺乏人才是確然無疑的事實，正因為如此，我才不能讓年輕軍官被你這種貨色拉著一起尋死。」

少女說到此處暫時收起笑容，憐憫地搖搖頭。

「可是到頭來，你搞錯了。那個選擇並非用來決定你自身的生死，正確來說是要決定兩名副官的前途——同時，也用來決定你的死法。看樣子你似乎選了更痛苦的那一種。」

女皇這麼告訴他，同時自寶座上起身。她悠然地走到被按在血泊中的男子面前——湊在他耳畔悄悄呢喃：

「你將被砍掉四肢處以串刺刑。」

「——？」

「這是你這個叛賊的死法，米卡加茲爾克。處刑地點是聳立在這座要塞都市加爾魯姜最上層——第五層的尖塔頂端。士兵們會把你搬運到那邊，活生生地綁在塔頂。這墓碑很壯觀吧？在你眼下展開的街景想必景色絕佳。」

前所未有的恐懼使米卡加茲爾克因失血而朦朧的意識恢復清晰。此時他忽然發覺——像羽虱般成群湧來的衛生兵，正沉默地替他斷臂的傷口進行止血及縫合，好讓他無法輕易死亡。

「你就在生前花費數天，死後花費數年——親身展示違抗我的人會面臨什麼下場吧。這是你的人生真真正正的最後一個任務。」

「——咿——啊——」

「別窮嚷嚷。身為一國之君，我對你可是感激不盡，米卡加茲爾克。願意主動承擔這等大任的人，除了你之外可是打哪兒也找不著！」

女皇口中迸出一串失控般的大笑。打從心底畏懼那黑衣飄揚不斷嘲笑的身影，米卡加茲爾克眼眶地含淚環顧周遭。

「誰——誰來……救救……救救、我……！」

即使他急得想抓住稻草救命地懇求，也沒有人回應。在被女皇給予的恐懼所控制這一點上，儘管有程度之分，大部分的軍官都和米卡加茲爾克處境相同。面對慘劇時，他們的反應大致可分為兩種：別開目光等待一切結束，或是壓抑感情投入職務中。

「……妮雅姆……拜託，救救我！替我懇求陛下大發慈悲！拜託、拜託……！」

這種狀況下，他最後仰賴的是「愛妾」。既然「參謀」不在場，這對米卡加茲爾克來說大概是當然的選擇。然而，他的懇求並未如願。以看著已經完蛋東西的眼神瞥了一眼前任飼主後，妮雅姆重新轉向女皇深深地垂下頭。

「——皇帝陛下，鄙人妮雅姆·奈伊，從今天起將成為只效忠於您的家貓。」

大笑戛然而止，女皇背對著她轉而靜靜地開口：

「嗯。然後呢？」

「我不想像他一樣死掉。能否請您僱用我？」

妮雅姆毫不掩飾真正的意圖或修飾言詞，因為她理解若是這麼做，這次將輪到自己被斬首。理解眼前的人會毫不猶豫地動手。

得到滿意的正確答案，女皇緩緩地轉過身直視妮雅姆同時斬釘截鐵地說。

「想要飼料就去抓老鼠。我要說的只有這句話。」

她拋出的酷寒冷笑，令不再是愛妾的女子渾身一顫——隨著契約成立，她也加入女皇臣子中成為新的一員。

第四章

Alderamin on the Sky

動盪之中

場景來到貫穿帝都邦哈塔爾市區的幹道。站在道路兩排的市民們，發出歡呼迎接由皇帝親自指揮的討伐部隊歸來。

慶祝勝利的遊行隊伍比起出陣時更加絢爛豪華。在弦樂器及長笛樂團演奏的雄壯旋律中，女皇乘坐的遊覽馬車繞行都市一周，向民眾展示皇帝威嚴後回到皇宮。

這一幕與其說使得觀賞遊行的民眾情緒激動，更讓他們感到困惑。親自上戰場打下戰果帶回戰功的皇帝──君主這麼做的身影，從他們的記憶中消失已久。

看來這次的皇帝陛下年紀輕輕卻極具行動力，人們異口同聲地談論著。經由口耳相傳散播至此的謠言跨越距離引發議論，其一是女皇攻陷要塞都市加爾魯姜所用的策略，其二則是叛賊奈安・米卡加茲爾克的下場。

「迅速鎮壓叛亂後堂堂凱旋歸來。真是出色，夏米優陛下。」

泰爾辛哈・雷米翁上將的聲音在深綠堂的大寺院內迴響。歸來的君主坐在最深處的寶座上，從高處俯望迎接自己的兩名總帥。

「只是場稱之為叛亂也嫌可笑的沒出息紛爭，想費事也無從費起。」

第二十八代皇帝夏米優．奇朵拉．卡托沃瑪尼尼克淡淡地說道，靠在寶座的扶手上托著臉頰。

雷米翁上將有些驚訝地揚聲開口：

「奈安．米卡加茲爾克並非強敵？」

女皇點點頭，以扭曲的嘴角不可置信地說：

「那傢伙——在談及戰略或戰術前，首先就缺乏覺悟。占領整座都市掀起叛亂，卻又戰戰兢兢地看市民臉色，那副醜態叫人難以直視。」

翠眸將領神色複雜地陷入沉默，夏米優在他面前聳聳肩。

「某方面來說算是和平日子過到糊塗了，這是代替敕任官長年來擺出親善面孔對待市民的反作用。想讓叛亂成功的話，他應該利用武力震撼及恐懼讓市民閉嘴。明明只要朝著群眾來一次齊射狀況就會大有不同，無法下決定這麼做是那傢伙的戰敗原因——你不認為嗎？席巴上將。」

她重新對跪在皇帝面前的另一名總帥說道。庫巴爾哈．席巴毫不猶豫地頷首。

「正是如此。因為陛下可是迅速地決定下令拿人民當祭品。」

雷米翁上將的表情錯愕地僵住。在他眼前，女皇一下子揚起嘴角。

「——哈哈哈哈哈！你這敢當面諷刺我的膽量，親自面對起來感覺倒還不壞，庫巴爾哈．席巴。和從前拿『無聊』當口頭禪的時候相比，現在神采奕奕的你簡直判若兩人！」

笑了一會之後，少女猶帶笑意地繼續道。

「不過，『日輪雙璧』之一啊，你不會說我的做法有錯吧？我在以最低限度的代價換取最大限度的成果這方面很有自信。至於代價，也只不過是將一州死囚的處決日提前能了，沒什麼好可惜的。」

當君主若無其事地宣言，席巴上將始終神情嚴厲地回應。

「是冠上連坐犯名義的死囚……關於那些註定遲早要接受死刑的犧牲者，我就忽略不管吧。也可以看作他們的死拯救了士兵們的性命。」

可是——他強調轉折詞。一旁的雷米翁上將以眼神制止，卻沒對他發揮半點作用。

「我無法坐視的，是陛下命令不准公開這個事實一事。若就此不揭開真相，陛下將被當成利用活祭品鎮壓內亂的君主流傳後世。您可知道這是多嚴重的汙名？就算如第十一代皇帝般得到『刑帝』的外號也不足為奇。」

席巴上將不假修飾的言語，聽得女皇忍不住隔著黑衣按住腹部。

「真是笑破肚皮！帝國史上最昏庸的皇帝之名偏偏在這裡冒出來嗎！」

以大笑面對臣子奮不顧身的諫言。這兩年來漸漸固定的形式，按照夏米優陛下的理想發展。

「不過，那正合我意。得到『刑帝』的外號很好。只要這名號響徹天下，任誰也不會忘記我這個皇帝的存在。我就積極地效法第十一代吧。」

她決定不退讓的部分就絕不讓步。讓席巴上將閉嘴後，女皇改變話題。

「那麼——兩位將軍。我不在的期間，中央的防衛是否萬無一失？」

知道場面再度輪到自己發言，雷米翁上將抬起頭。

「——稟告陛下，在您御駕親征討伐叛黨期間並未發生欲趁隙偷襲的動亂。至於案情輕微的部分，軍方內部發生了四起因不敬行為被關禁閉的案子，罪狀皆為士官以下的兵卒對陛下出言無狀。」

「近兩個月共四件嗎？和剛登基時相比，士兵們變得老實多了——處分是？」

「按照您的指示，公然批判陛下的三人處以五下鞭刑，侮蔑陛下是『不知世事的小丫頭』者則判決斬首。」

女皇對上將的報告不帶感情地點點頭。

「很好。恐懼我可以、厭惡我可以，估量我的斤兩也可以——唯獨不准侮蔑我。膽敢觸犯者要以死謝罪。這是我定下的規矩。」

君主斷然宣告的口吻，令雷米翁上將吞了口口水。他再次切身感受到現任皇帝的淫威，繼續肅然報告。

「此外，前伊格塞姆派、雷米翁派兵力都維持了秩序……這可說是陛下兩年來親自展現皇帝權威的成果。」

「原來如此，是成果沒錯。一路處死數千名叛賊的成果。」

女皇低笑著回答。她這種愛刻意曝露缺點的言行，經常讓臣子們不知該如何回應。

「真是的——一旦伊格塞姆這個樞紐退下那個位置，思考便倒退回軍閥時代的傢伙還真多。光是大規模叛亂就發生過四次，米卡加茲爾克是第五次。也該站在不得不全部出面鎮壓的我的角度想想啊。」

「…………」「────」

「這次是斬斷四肢處以穿刺刑，上次是將整個人從肩部以下埋進土裡後用生鏽的鐵鋸鋸掉腦袋，再上一次則是把人扔進關野狗的鐵籠內餵狗。關於首謀的處置，我的花招差不多快用完了。要是『刑帝』留下了札記，還能當作參考──你不這麼認為嗎，席巴上將？」

沒有理睬那些有毒的話語，席巴上將以沉默的氣勢作為勸諫。縱使充分理解他的意思，女皇嘴角依然掛著殘酷的笑容──

「席巴上將，拜託你在陛下面前注意言詞。別害得站在一旁的我心驚膽跳。」

並肩走在深綠堂外的石板路上，雷米翁上將向身旁的男子抱怨。席巴上將咧嘴露出大膽的笑容。

「我在兩年前就不再顧慮這點了，上將閣下。時勢變遷，環境也有所改變，要單獨我重回那個時期是強人所難。」

男子回應按住額頭嘆息的翠眸將領。

「你才是，近來喪失了銳氣。換成兩年前憂心帝國未來挺身而出的雷米翁上將，今天謁見時插嘴的次數明明會比我更多。失去能幹的副官，害得你早早衰老了？」

這番毫不留情的指責令雷米翁上將屏住呼吸，苦澀地別開目光。

「……你可真敢講。我也自知我精力衰弱。」

「想來也是。說到這裡還不反擊，看來衰弱的情況相當嚴重。」

那與其說是諷刺更接近真心關懷的口氣，令翠眸將領花了一番力氣思索該如何回答。

「要……要我來說的話，你能夠保持這股幹勁才令人驚訝。席巴上將，考慮到你兩年前拱出的神主牌現在的情況，你會意氣消沉才是當然。」

為何你還有力氣不斷精力充沛地行動？雷米翁上將坦率地拋出疑問，席巴上將神情嚴肅地閉上眼睛。

「的確，那場軍事政變以出乎所有人意料的形式收場。那個結局確實不符合我的期望——儘管如此，並非沒有事情往好的方面發展。」

他睜開雙眼轉過頭眺望剛剛走出的深綠堂。

「首先，現任皇帝陛下很出色。她年紀輕輕就具備清晰的頭腦及堅定不移的意志，雖然眼中的黑暗過於深沉——但即使連同這一點在內來考慮，依然可以說帝國在最後關頭抽中了數百年未見的明君。」

「對這位評價極高的陛下，你的說話態度為何如此激烈……從旁人眼中看來，還以為你有自殺念頭。」

翠眸將領按著胃部一帶的模樣，看得席巴上將露出微笑。

「陛下有心理準備因自身的所作所為被民眾當成暴君畏懼。這一點在這次十分可靠，考慮到未來有時又讓人擔心。為了避免鐘擺擺到負面的方向，那種態度也包含了我的關照。」

「我理解你的想法。不過，維持那種調調你遲早會丟了腦袋。」

「若能成為未來的基石，獻上這顆頭顱只是小小代價。」

男子乾脆爽快地回答——卻又苦笑著聳聳肩。

「……雖然耍帥地這樣說，現今的情勢不容我輕忽自身性命。你變成這副慘樣，如今我也身負同等的上將地位。一走了之不顧以後——我知道事情無法這麼簡單俐落。」

「……別像這樣把激勵我和自我告戒的話一次說完行嗎？」

「這是你接受了我的忠告的證據。如果你一直不中用，我也很傷腦筋。現在反倒是令郎更有決心。」

兒子的臉龐閃過腦海，雷米翁上將皺起眉頭——這兩年來，他的么兒托爾威・雷米翁的面容變化很大。那種變化既讓人覺得可靠，又讓作父親的感受到如履薄冰的危險。

「……我在軍事政變時醜態畢露，沒有立場對小兒子說三道四。不過，你才是真的下定決心了？有覺悟繼續在女皇陛下身邊擔任帝國軍首腦？」

「那怎麼可能？你已經忘了嗎，上將閣下。我只是參謀長。」

席巴上將神情開朗地斷然說出與事實相反的台詞。翠眸將領回憶起來，兩年前以敵我雙分身分見面時，他也說過相同的話。

「你或許無法理解，但對我來說等待並不痛苦。因為我已知道，沒有天不會亮的夜晚。」

席巴上將遙望著與深綠堂位於不同方向的大建築物靜靜地告訴對方。那是在先帝時代住滿大批寵妃的後宮。他正在等待——太陽從那裡再度升起。

「就算如此，過世的人也不可能再回來……」

雷米翁上將以疲憊的聲調喃喃低語，席巴上將也只得頷首。

「是啊，經過兩年時光，讓我發現有多少事物再也回不來，這就是結論。」

其中也包括許多他的部下。兩名將領注定從今以後也要一直背負那花費兩年時光也難以全部憑弔的無數犧牲，與那些死亡的責任。

「接納那份虛無需要一段時間。正因為如此——等待是我等唯一允許去做的。因為不知汙穢為何物的年輕靈魂，不像我等一樣習慣失去。」

*

「——可惡！」

走進校級軍官宿舍的公共休息室在角落坐了下來，微胖青年一拳砸在桌上。經過走廊的女軍官聽到聲響，立刻奔進室內。

「歡迎回來，馬修先生。聽說加爾魯姜的攻略很順利。」

「是妳啊，哈洛……嗯，我回來了。」

見到知心舊識，馬修的怒氣也跟著緩和幾分。在他對面坐下，哈洛東張西望地環顧四周。

「托爾威先生沒過來嗎？你們是一起回到中央基地的對吧。」

「他去訓練部下了。明明叫他至少在歸還當天休息一會，但他根本聽不進去。」

青年大大地嘆口氣，皺著眉頭繼續抱怨。

「那傢伙徹底變得像另一個人了。話愈來愈少，這兩年來我大概從沒看過他的笑容。總是低著頭一副鑽牛角尖的樣子，連吃飯時也味如嚼蠟地面無表情，偏偏什麼都又不肯找我商量……」

一旦開口，宣洩不滿的台詞就無止境地滿溢而出。哈洛認真地聆聽每一句怨言，努力地用溫柔的語氣回應：

「我想是他背負重責大任的關係。因為現在托爾威先生是雷米翁的……三家的頭號人物。」

「我們也差不多吧。回過神時，我們倆可都晉升到校級了。」

馬修唾棄似的說道，整個人趴倒在桌上。

「饒了我吧……我完全沒有能力能跟得上地位的自信啊……可是陛下卻不停地分派任務過來，害得我們招來年邁軍官微妙的視線，而且陛下在關鍵時刻又不肯聽我的意見！」

青年抓準機會發洩不滿。儘管年紀輕輕便出人頭地相對的也會辛苦一些，但他的情況在這之中又可稱作特例。在軍隊組織中，獲得女皇直接當後盾支持的晉升與其說是耀眼，帶來的異樣感反倒更加顯著。

「……吶，哈洛。妳知道我們是怎麼攻陷加爾魯姜的嗎？」

「……聽說過一點，好像是靠著動搖民心。」

「動搖？沒那麼簡單，那是脅迫。恐嚇市民不開城門就殺掉他們的親人及朋友，逼迫他們變節。從州各地收集死刑犯，當成連坐犯處決示眾。還在死囚骸骨裡摻進家畜骨頭增量後，用投石器扔進城市內……」

這些內情都屬於機密，馬修卻毫不猶豫地告訴哈洛。他有所自覺，一旦連跟她都無法商量的事情變多，自己真的會崩潰。

「那是場討厭的戰爭。本來打起來就令人作嘔，更糟糕的是處決首謀──奈安．米卡加茲爾克的方法。關於那件事，我什麼也不想談。真想乾脆徹底抹消那段記憶，他死前的慘叫卻一直在耳裡迴盪……」

馬修以雙手堵住耳朵呻吟。不忍心看到他這副模樣，哈洛從椅子上微微起身。

「你今天還是去休息比較好。我陪你回房……」

「我明白、我明白。可是拜託，再讓我多說一會，不在這發洩出來，我覺得我會睡不著。」

把擔心自己的哈洛硬是按回座位，馬修沉浸在狂熱的情緒中繼續往下說：

「在我眼中，那並非單純地選擇了殘酷的行刑方法。陛下──那個人打了一場將市民也拖下水的戰爭。她是徹頭徹尾有把握也有意願地那樣做，我不由得這麼想。因為市民沒出現大量傷亡近乎奇蹟。當市民們湧向城門後，只要司令官或現場士兵的一個判斷都可能釀成重大慘劇。而這個問題，說不定是我們親手造成的──」

哈洛倒抽一口氣。比起這些遭鞭刑處分也不足為奇的批判，她更對他所抱持的危機感產生共鳴。

「我——我很怕陛下。不明白陛下的想法令我恐懼。如今坐在寶座上的，真的是我們認識的夏米優·奇朵拉·卡托沃瑪尼尼克嗎？她以前不是那樣的，在我們還稱呼她殿下的時候……」

以懷念的口氣一說出口，馬修眼角滲出淚水。他慌忙抬起手背擦去眼淚。回憶那段尚未失去任何事物的日子——對現在的他們來說太難受了。

「——哈洛。在我們出差期間，妳見過伊庫塔嗎？」

為了掩飾落淚的事實，馬修改變話題。哈洛露出無力的微笑點點頭。

「見過兩次。獲得陛下的同意，我向他說了各種話題……但還沒得到、回應。」

這樣嗎。聽到早在意料中的答案，微胖青年也重重點頭。

「……該怎麼辦才好？萬一那傢伙就此沒有恢復的話……」

哈洛什麼也無法回答。沒有一絲光明射入這份如鉛塊一般沉重的沉默中，兩人目不轉睛地盯著桌面。

同一時間，士兵們的慘叫聲在距離基地不遠的森林深處迴盪。

「嘎——！」「嗚喔！」「呃啊啊啊啊啊！」

壓縮空氣的爆炸聲摻雜在同伴的慘叫中自背後逼近，一名拿著風槍的年輕士兵勉強甩開聲響的追擊，拚命跑過森林。

「──呼！呼！──」

他磕磕絆絆地跨過樹根，在柔軟潮濕的腐葉土上到處奔跑。即使手腳早就累得僵硬，也沒有餘力停下來喘口氣，因為敵人就是從放鬆戒心的目標開始依序擊殺。

「呼！呼！呼──哇啊！」

專心逃跑的士兵眼前突然冒出人影，嚇得他瞪大雙眼舉起風槍。對方也做出如出一轍的反應，但拿槍口指著彼此數秒鐘後，他們認出彼此放下武器。

「希克拉特中士……！同一班的同伴怎麼樣了？」

「米湘士官長！你還平安無事嗎！」

遇見同伴的希克拉特中士面露笑容，年紀較長的女士官也點點頭，拉著他躲進可作為遮蔽的樹蔭下。

「我的班幾乎全滅。塔泰士官長的班也一樣……！」

「被解決掉了？誤中陷阱，對敵軍的氣息窮追不捨，在兵力分散後『陣亡』……我這邊的狀況也差不多。」

在下一瞬間，同等的敬畏蓋過米湘士官長臉上浮現的自嘲。

「你敢相信嗎？對方只有八個人，竟能將我等四十個人痛擊至此……」

「老實說，我完全搞不清楚他們做了什麼、該如何應付。是我受過的訓練非常不足嗎？」

「這也是一部分，但主因是對手太強了……」

撥開樹叢的沙沙聲打斷對話，兩人馬上將槍口對準聲音來處。

「來了……！別露出破綻，用樹木當盾牌舉好武器！」

「是！」

依然躲在樹蔭後的希克拉特中士手指放上扳機。在迫不及待地等著敵人現身的中士頭上，一條細繩無聲無息地自視野和意識雙方面的死角處垂下。

「──咕喔？」

繩子一勾住他的脖子就猛然往上吊。呼吸道被勒住的痛苦令中士忍不住放開風槍，身旁的米湘士官長錯愕地呼喊。

「希克拉特～！」

當她站起來想用手邊的小刀割斷繩索──粉紅色顏料砸中她從樹蔭後探出的腦袋，炸了開來。

「──咕啊！」

在撼動大腦的衝擊中，米湘士官長成為最後一名「陣亡士兵」雙膝落地。

「……明白了嗎？這就是你們現在的實力。」

戰鬥結束恢復寂靜的樹林裡，翠眸青年神情嚴厲地注視著奄奄一息地癱坐在地上、渾身沾滿粉紅色顏料斑點的四十名士兵。

「當狙擊和陷阱這兩個要素配上密林地形，戰場會展現與過往截然不同的面貌，變得更加複雜、更加嚴酷、更加陰險——你們應該也親身感受到了。」

青年指向背後的樹木說道。以他為首，在場所有人都穿著專為密林戰鬥開發的迷彩服。將人類的存在感融入草木之間的身影，確實和過往的軍人有所區別。

「我已將各種技術一整套傳授給你們，對戰時卻顯現出差距，是因為那些知識沒有化為你們的血肉。在戰場上可能遭遇的狀況多不勝數，我無法一一告訴你們，在什麼場面要採取什麼行動才正確。正因為如此，你們必須具備思考能力，需要沒有指揮官命令時依然能夠獨自下判斷行動的思考力。」

青年重述他過去曾多次指出的教育理念。好讓這番教導隨著苦澀的戰敗記憶銘刻在全體部下的血肉中。

「各班在今天之內歸納應當反省之處提出報告。下一場模擬戰要依據這些重點來擬訂作戰計畫——那麼，今天就此解散。」

不顧疲憊不堪的部下們，青年淡淡地做出結論後轉身離去。他在昏暗的樹林裡獨自走向基地，嘴裡反覆叨念著自責的言語。

「……還不夠、還不夠、還不夠……士兵、教官和訓練期間都完全不夠用……！」

獵人發出陰氣逼人的獨白。那股氣息嚇得小動物擠在周遭的樹上亂竄，搖下樹葉往青年的前方飄落。

「——呼！」

三片樹葉在約三十公尺外飄了下來。眼角一捕捉到的瞬間，青年讓風槍吊帶滑下肩頭，僅用右手彈起槍身即刻開火——唯一發射的那枚子彈一口氣貫穿重疊在彈道上的三片樹葉消失在空中。

「……不要緊，雅特麗小姐。別擔心，阿伊。我做得到。我會好好做到……」

他抽搐著嘴角近乎囈語地說……最尊敬的兩個人不在身旁，相當於一個時代的沉重壓力壓在他的肩頭。在絕望的責任感與喪失感折磨下，青年的精神狀態漸漸脫離常軌——就像犧牲換來的代價一般，他的射擊水準幾乎要踏入超神入化的領域。

不過，這甚至可說是一種適應。憑藉實力取代了昔日承擔戰場重責的伊格塞姆，青年置身之處正是戰場的最先進地帶——戰爭概念的開拓地。只要他還置身於此，連想維持精神正常都是虛無飄渺的願望。

「我要戰鬥……雷米翁必須打倒敵人，保衛大家。代替伊格塞姆，代替雅特麗小姐……！」

在除了他以外無人能踏入的領域裡，托爾威．雷米翁甚至磨滅自己的靈魂孤獨地持續掙扎著。唯有烙印在眼瞼內的炎髮身影，是他唯一的心靈支柱。

「……下。」

身旁彷彿傳來什麼聲音，但男子當作耳邊風。

「……閣下，准將閣下。」

就算那人喋喋不休地呼喚，男子也不回應。他像自我暗示般認定自己不是會被稱呼為閣下的身分，堅持無視呼喚。然而……

「薩扎路夫准將閣下！」

聲音在他耳畔大聲喊出他的名字，將臆想打得粉碎。

「你正在處理軍務！儘管這裡是將級軍官的個人房，但也在基地內，請振作點！」

「——————」

回神的瞬間，男子的視野迅速恢復現實感。這是間有辦公桌與文件櫃、連小睡用床鋪都有的豪華個人房。一位佩帶中校軍階章的女軍人站在眼前，甚至是以他的副官，也就是部下身分出現。

「……不可能。說真的，這不可能……」

哪怕認識到現實，薩扎路夫准將仍然嗤之以鼻。他盼望這是場會隨著一句「不可能」瓦解的白日夢。可是，眼前的景象進一步嚴加指責他。

「你在喃喃自語什麼！請振作起來！」

「……嗚……咕……」

「你應該很清楚自己的身分！你是帝國陸軍准將暹帕．薩扎路夫，無庸置疑的帝國軍高級軍官！」

「我……我聽不見我聽不見！什麼都聽不見～！」

薩扎路夫大聲嚷嚷蓋過對方的話，從椅上起身鑽進辦公桌下。對那活像害怕打雷的小孩會有的舉動感到傻眼，梅爾薩中校輕輕嘆了口氣。

「……閣下……」

「不可能！准將已經是將軍級了！就算我退一萬步接受校級軍官身分，但將軍級免談！我的人生規劃裡沒預想過這種局面！喂，神快給我適可而止！快送我回到正確人生的叉路口！」

男子不顧顏面地嚷嚷。但從桌底下冒出的一連串洩氣話，依然遭到副官毫不留情的拒絕。

「沒有回頭路可走，這就是你的人生！別退化回幼兒時期，請接受現實，薩扎路夫准將閣下！名聞遐邇的北域方面戰役英雄！」

「別那樣稱呼我！大家究竟對連軍官教育也沒好好受過的人抱著什麼期待啊！」

他雙手堵著耳朵回嘴。這幾年來並非出於本意走過的經歷，閃過薩扎路夫的腦海後消失。

「北域……沒錯，那是一切的開端。如果沒在那時候主動負責殿後……不，在那之前，如果我沒因為那些傢伙說我是最棒的長官就得意忘形……」

面對像中邪般反覆唸著「若是……又怎麼樣？」的他，梅爾薩中校思索一會兒放緩語氣後向他攀談。

「那是你和『騎士團』成員的結識經過對嗎？不管聽多少次，我都覺得很羨慕。因為我不曾像那樣深受部下信賴過。」

「是錯覺、錯覺……因為先前老是碰到黑心長官，才會高估只是普通照料部下的我……」

他的語氣終於開始帶著哭腔。厭煩又提心吊膽地摸摸肩頭的階級章，薩扎路夫沒完沒了地吐苦水。

「每個人都要逼絕世庸俗之輩薩扎路夫先生當將軍是想幹什麼？先把人捧得高高的，要叫我幹到暴露缺點為止都不打算放過我？我已經是躺在砧板上的魚了？接下來只等著開膛破肚？是這樣嗎？想死嗎？」

當男子的獨白透出自虐意味，梅爾薩中校嚴厲地開口。

「既然你說那些信賴是錯覺，那將錯覺變為現實的機會，豈非只有現在而已？」

辦公桌下的薩扎路夫閉上嘴巴。將沉默當作開端，他的副官繼續展開說服。

「他們過得很辛苦。雖然有幾個人不時在基地裡露面，渾身散發的氣息卻愈來愈沉鬱。支撐團體的兩大支柱──一個已經永遠喪失，另一個是否還能復原不得而知。而且正逢千年一度的國難時期……要是灰心喪志也不足為奇。」

薩扎路夫咬緊牙關。他的情緒已超越純粹的自虐，對自身的不中用感到憤怒。

「……我什麼也沒法幫他們。總是這樣。光是替他們打掩護就耗盡全力，關鍵部分總是交給他們解決。從北域戰役起一直都是如此……」

「我不這麼認為。即使從『旭日團』再次召集後算起，應該經歷過好幾次少了你就無法維持的場面。話說，席巴上將閣下可不會提拔無能之輩當部下。你是實力受到認可才待在這裡，薩扎路夫准將閣下。」

梅爾薩中校徹底否定薩扎路夫的自我評價。既然他因為自身的無能深受打擊，那首先必須改變這個認知。

「我也會盡微薄之力全力支援你。畢竟我也長期擔任過席巴上將的副官，應當能彌補你經驗不足的部分。凡是碰到不清楚的事情，我有問必答。」

她在此時展開行動，繞到辦公桌另一側推開椅子伸出手。

「所以我們一起加油吧，薩扎路夫閣下！」

薩扎路夫緩緩抬起低垂的目光。打從與騎士團成員相遇時開始，他就令人悲傷地欠缺足夠的卑鄙拒絕他人滿懷誠意伸出的手。

「……我絕望地想像不出自己拿妳當部下用的樣子……」

「因為實際上沒試過，才會浮現不出想像畫面。好了，站起來！將級軍官的工作有五成是坐鎮大本營！只要外表看上去像模像樣就有五十分！在糾結煩惱之前先動手做做看，來！」

梅爾薩中校牢牢地握住他的手拉他起身。薩扎路夫認命地站了起來，梅爾薩中校對著他重新燃起鬥志——看來這次的長官很棘手喔。

＊

講師在黑板上喀喀書寫的聲音持續了一整堂課，終於隨著宣布正午時刻到來的鐘聲結束。

「——好，今天講課到此為止。回去記得預習下次要教的範圍。」

他話一說完，來聽課的軍官候補生們同時起立敬禮。教室內的氣氛在講師離開後一下子放鬆下來，學生們開始閒聊。

他們紛紛和交好的朋友走向餐廳，只剩一名女性被孤伶伶地留下。

「……唉……」

這個流程也是一如往常。未經測驗以特例身分就讀高級軍校的蘇雅・米特卡利夫准尉目送那些沒好好說過幾句話的軍官候補生背影離開，嘆息一聲走出教室。

「……接下來做什麼好呢？」

一般來說她應該去餐廳用餐，但若在人多的時間過去，沒有好友的她沒有容身之處。她必須錯開時間挑冷門時段過去，在那之前得先找個地方打發時間。

「書也借了……到外頭去吧。」

手提包裡裝著從戰史資料室借來的書，她決定把這本書當空閒之友。她走出門口繞到教育大樓後面，在那兒的長椅上坐下。運動場在眼前展開，還可以看見忍著飢餓按命令行進的新兵們。

「呼……我將來會如何呢？」

蘇雅未對誰而發地喃喃自語。這兩年來——更精確地說，是半途轉入高級軍校起的一年六個月以來，她都在默默學習軍事知識中度過。加上每天的課程，她已被指派帶領一個訓練排。

由於具備士官時代的經驗，她指揮起士兵遠比其他人出色得多。然而，這個事實反倒造成她與其他軍官候補生之間的隔閡。

他們打從蘇雅免試入學的階段起就看她不順眼，她的實力卻讓其他人難以嘲笑她。更重要的是，傳聞她有女皇陛下關照——這些要素結合在一塊，使蘇雅·米特卡利夫在高級軍校受到敬而遠之的待遇。

「——看妳一副無精打采的樣子。」

「哇？」

在藍天之下專心看書的她耳畔傳來說話聲。蘇雅猛然跳起來回過頭，看見一名皮膚曬成褐色的嬌小少女。她所穿的短版上衣和長度不到膝蓋的短裙，黑髮編成三股辮垂在臉龐的髮型，都顯示她出生於帝國北方的山岳民族。

「如果我是刺客已經得手了。妳太粗心了，蘇雅。」

太過出乎意料的人物出現在眼前，蘇雅足足花了快十秒鐘才開口回答：

「娜娜克．韃爾……？妳怎麼在這裡！」

「既然我在妳面前，那當然是過來探望妳的。」

娜娜克若無其事地說。不等蘇雅從困惑中恢復，她也不打聲招呼就在長椅旁坐下。

「聽說妳進了軍校。學業還順利嗎？」

「咦……？很、很難講啊，只有軍階倒是正式升上准尉了……」

「怎麼吞吞吐吐的，發跡了妳不高興嗎？」

面對毫無顧慮的追問，讓蘇雅花了一番功夫來說明她的心情。

「……原以為自己的服役生涯會以士官告終，突然有機會晉升讓我感到愕然……再說我也沒有在軍人這條路上往上爬的想法。」

「儘管如此，發跡就是發跡。薪晌也會跟著增加，不是嗎？」

「話是沒錯。」

當娜娜克平淡無味地指出這點，讓蘇雅也搞不清自己在煩惱什麼。事到如今蘇雅才切身感受到自己和對方感覺上的差異，此時娜娜克悄然低語。

「──紅色傢伙好像死了。」

這次蘇雅陷入沉默。那句話無情地在她胸口開出的大洞裡迴盪。

「事情我許久以前便聽說了。雖然想馬上過來確認，但兩年前發生什麼軍事政變後，我們身邊的監視變得嚴密起來。為了避免席納克族成為猜疑的對象，這兩年我只能老老實實待著。今天要來這裡也經過很多麻煩事。」

娜娜克從鼻子裡哼了一聲這麼抱怨。說到此處，她像想起什麼似的笑著補充：

「我想妳大概也會擔心，不過猶納庫拉州還算和平。我們和當地的帝國人沒發生重大衝突，玉米的栽種狀況也一直很順利。那個叫泰德基利奇的人挺有一套的，在各方面為我們的行動提供方便。最近，有一部分田地開始栽種那種白色一粒一粒的……叫米來著的作物。聽說是要試著販售利潤率高的作物來賺錢。」

報告他們昔日曾共同生活之地的近況，是這女孩表達關懷的方式，此舉讓蘇雅感覺稍稍得到救贖。

「——那麼，紅色傢伙死了，伊庫塔怎麼樣了？」

儘管如此，她不會為此偏離正題。蘇雅認命地搖搖頭。

「……我也沒見過他。」

「什麼？」

「是真的。自從兩年前，他被現任皇帝……夏米優陛下藏匿在皇宮裡以來，在我所知的範圍內，團長連一次也沒外出過。我提出過會面申請，但全部遭拒。」

蘇雅揭露實情，握緊放在膝蓋上的拳頭。娜娜克狐疑地皺起眉頭。

「夏米優就是那個金髮小不點？妳說她綁走伊庫塔把他藏起來了？」

她的措詞令蘇雅慌忙環顧周遭。

「拜託妳，要稱呼陛下，娜娜克……這座基地裡，可是有人因為辱罵陛下被判斬首的。」

這不是能抱著輕率心情談論下去的話題。當蘇雅這麼叮嚀，娜娜克撇撇嘴角。

「——真討厭。」

「就算討厭也無可奈何。未經陛下允許，我們絕對進不了皇宮。」

蘇雅語帶嘆息地告訴她，自己也有所自覺。見不到伊庫塔——為了逃避這個事實，她才會一心投入讀書及訓練直到今天。

「特地來到這裡卻要見不著他就回去？妳的熟人裡，有人見過伊庫塔嗎？」

「就算妳這麼說……我聽說『騎士團』的成員偶爾能獲准與他會面。」

「那，我去找他們當中的哪個人試試。接下來我自己去交涉。」

娜娜克說完就從長椅上起身，蘇雅慌忙抓住她的肩膀。

「等、等一下，娜娜克！即使徵得同意，妳一個人在基地裡四處走，肯定會製造麻煩！」

「不然妳也一起來吧？妳不想見伊庫塔嗎？」

「那個……」

如此率直的問題令她詞窮。不清楚對方的心情，席納克族的女子毫不猶豫地說道：

「我想見他，這兩年我一直滿腦子都是這個念頭。」

蘇雅咬住嘴唇低下頭，老實地羨慕起對方的直率。

「——想見伊庫塔先生……嗎？」

兩人在基地四處尋找，意外地立刻找到哈洛瑪·貝凱爾。當蘇雅傳達娜娜克的希望，她一臉為難地陷入沉思。

「我很想幫忙……可是就連我們，最近見到他的次數也屈指可數。有娜娜克小姐同行，陛下會不會同意面會就……」

問題果然在這裡嗎？蘇雅垂下頭。儘管如此，娜娜克還是頑強地不斷追問：

「伊庫塔情況如何？聽說他腿上受了重傷，傷勢可痊癒了？」

「傷口完全癒合了，不過他的左大腿被箭矢刺穿……雖然外表看來已經痊癒，說不定還會感到疼痛或留下後遺症。」

「怎麼含糊其辭的。要知道傷口痛不痛，為什麼不問他本人？」

娜娜克直言不諱地發問，哈洛臉色沉重地對她搖搖頭。

「……即使問他，也得不到回答。」

「妳說什麼？」

「無論問任何問題、說任何話，他都一句也不肯回答。這兩年來就算有人見過伊庫塔先生，也沒有任何人和他交談過……多半連陛下自己也一樣。」

一聽到這番話，娜娜克臉色大變。她抓住哈洛的肩膀逼問：

「——哈洛瑪。拜託妳去問問金髮小不點的意思。既然伊庫塔處在那種狀態，沒見到他我絕不回去……！」

「如、如果只是詢問，只要等待幾天應該可以……不過就像我剛剛提過的一樣，陛下是否會同意很難說。」

「管她同不同意！要是她無論如何都不讓我見伊庫塔，我不惜潛入皇宮……！」

「娜娜克，別說了！妳也有族長的身分要顧及吧！」

無法坐視不理的蘇雅抓住她的胳膊斥責。娜娜克赫然回神，咬住下唇。

「……沒錯，我不能衝動。妳說的對。謝了，蘇雅。」

娜娜克朝她回以無力的微笑，讓蘇雅察覺兩件事。其一是娜娜克比想像中更加對自己敞開心房。其二是不斷擔憂伊庫塔是否平安無事的日子，削弱了她的心。

「哈洛瑪，我要更正剛剛的請求——這並非娜娜克．韃爾個人的請求，我以席納克族族長的身分希望晉見皇帝陛下。妳能夠這麼告訴夏米優陛下嗎？」

娜娜克深深低下頭懇求。這兩年來，她也被迫面臨許多變化，學會了如何違背自尊像這樣懇求別人。

*

「……嗚……」

回到中央基地的第四天。太陽開始西斜之際，全身籠罩在倦怠的疲勞感中，馬修自沉眠中醒來。

「……圖，現在幾點？」

「下午三點二十二分。雖然早上清醒過一次，你又直接睡起回籠覺。」

他的搭檔風精靈圖回答。欠缺生活感的校級軍官單人房裡，微胖青年在床舖上搔搔腦袋。

「……我睡得還真久，明明是難得的假日啊。」

由於看出他累積了不少疲勞，馬修得到一週的假期。他隱約察覺，多半是哈洛拜託陛下讓他放的假。老實說，真是值得慶幸。如果用剛回基地時的精神狀態去接下一個任務，連他都想像不出自己會搞出什麼紕漏。

「肚子餓了，可是我不想待在基地……到街上逛逛吧。」

馬修迅速更衣洗臉，沒帶風槍便直接走出房間——走路時肩膀感覺很輕鬆。僅僅如此，就是他許久沒有過的感受。

他正在馬車站隨意尋找前往帝都的馬車，突然被人從背後蒙住眼睛。

「嘿嘿！猜猜我是誰——」「嗚喔？」

身體牢牢記住的反射動作，使他立刻往前一撲閃避開來。在地面翻了一圈轉向背後，發現一名眼熟的女子啞口無言地站在那兒。

「抱、抱歉！我沒想到你會那麼吃驚。」

曬成褐色的肌膚，右臉頰的十字疤痕。那絕不會認錯的外表，讓微胖青年瞪大雙眼。

「——妳是波爾蜜？波爾蜜紐耶海尉？」

被叫到名字的當事人露出快活的笑容。帝國海軍一等海尉波爾蜜紐耶・尤爾古斯佇立於此。

「好久不見，胖子。看你好像瘦了一點，過得好嗎？」

「嗯、嗯，還好……不過，妳怎麼會在這裡？」

「這是當然的疑問對吧。那傢伙搭人家工作的順風車過來的。」

嬌媚的男聲插入對話。看到自波爾蜜背後現身的說話者，馬修瞬間挺直背脊。

「——耶里涅芬·尤爾古斯海軍上將！久、久未謀面！」

「好好好，好久不見，馬修少尉。不，你現在是少校了？跟上時代潮流的年輕人發達得真快。」

「惶、惶恐之至。不過，海軍上將居然親臨中央……」

很少發生的罕見情形，令微胖青年難掩困惑之色。尤爾古斯上將苦笑著聳聳肩。

「真麻煩～接下來我得去向泰爾辛哈和席巴大叔打招呼，再到皇宮謁見。這一年來十分忙碌，沒有什麼向女皇陛下盡臣下之儀的機會，人家打算趁這次出差補上。」

「我則是隨行部下。嘻嘻，很厲害吧？」

「那是慣例上需要有人同行，只要放在人家身邊，不管是貓或稻草人都無所謂。不過是在志願者當中抽籤，從四人裡抽中妳而已。」

原來如此。當尤爾古斯上將乾脆地揭曉內幕，馬修理解地想道——身為喀爾謝夫船長的後裔，她果然是靠與生俱來的好運道抓住通往中央的車票。

來回看看姪女和馬修，尤爾古斯上將微笑著別開頭。

「不過，人家稍微改變主意了——波爾蜜，我命妳單獨行動，向馬修少校仔細打聽這兩年來陸軍的變化。這對妳很有益處。處在他這個階級的人，對實際運作看得最清楚。」

出乎意料的提案讓馬修雙眼圓睜。他還沒開口，海盜軍頭目就望向背後的部下們往下說：

「這邊有三個人就夠了。今晚我會請他們吃頓好的，落單的妳明天白天到基地會合。明白了嗎？」

「遵命，上將！一等海尉波爾蜜紐耶．尤爾古斯，從現在起轉為單獨行動！」

當波爾蜜本人二話不說地答應下來，尤爾古斯上將一行人迅速往基地內走去。馬修茫然地目送他們的背影離開，波爾蜜開心地開口：

「——要上哪裡去，馬修？其實我還是第一次來帝都。」

馬修和波爾蜜一起搭上馬車前往帝都，卻想不出什麼周到的介紹，姑且決定帶她到自己所知範圍內的酒菜最可口的餐廳去。

「就是這裡。雖然店面不怎麼乾淨……」

擁擠的餐廳裡充斥著辛香料的氣息，太陽還沒下山，圍著餐桌的酒醉客人已經喝得熱火朝天。波爾蜜環顧這片喧囂場面，安心地鬆了口氣。

「什麼嘛，原來這裡的酒吧看來也差不多，真是白緊張了。我還以為你會帶我去更講究的餐廳。」

「軍官專用的餐廳就安靜得多。妳想去看看嗎？」

「那是陸軍高官的聚集地吧？死也不想去。」

我也有同感。聽到她坦率的回答，馬修苦笑著回應。感覺到自己在相隔許久後再次放鬆下來，微胖青年隨意找張空桌和波爾蜜面對面坐下。

「唉，就算統稱為大人物，現在也換了不少新面孔……前伊格塞姆派的軍官一律從第一線退下，那位伊格塞姆元帥也變成沒有實權的榮譽元帥，如今扮演夏米優陛下在軍務上的助手。」

他正要喝隨即送上桌的麥酒，又改變主意。由於波爾蜜面前也放上玉米蒸餾酒，他將啤酒杯朝對方一推，她也笑著碰了碰酒杯。

「無論如何，乾杯。真虧妳敢到大陸中央來。」「彼此彼此，真虧你能一直活到今天。」

兩人互相慶祝重逢之喜，同時喝起酒來。感受著酒精沁染進疲憊的胃裡，馬修喘口氣繼續說道：

「……呼。所以，如今站在頂峰掌管帝國軍的，名實兩方都是夏米優陛下。她按照字面上的意思在活用統帥權，大家也無從抱怨。席巴上將和雷米翁上將在陛下手下執勤，不過這陣子是席巴上將更有存在感。雷米翁上將近來感覺缺乏雄心壯志。」

「這方面大致上和我們這邊聽說的消息相符。作為回報告訴你吧，海軍非常平靜。自從剛隆海校事件後海軍一直在進行內部監察，但除此之外全都一如往常。在老大看來，只覺得『中央政變是什麼東西？』」

波爾蜜彷彿這才是老樣子的態度，讓馬修嘆息一聲聳聳肩。

「老實說，我真羨慕這種一貫不變的狀態……我們這邊兩年來可是不穩定得很，無論軍事或行政，主事人都是不斷變動。」

目光落在帶著泡沫的麥酒表面，微胖青年淡淡地往下說：

「這是第五次鎮壓大規模內亂了。這回是出自舊軍閥名門的軍人掀起叛亂，但直到上回為止背後都有既得利益因陛下的政策受損的敕任官——貴族操縱。這次多半也一樣……等到背後關係調查完畢，大概又有好幾個人要人頭落地。」

「每次發生內亂，你就獲得陛下重用被派上前線吧？真厲害！」

波爾蜜無邪地為他的活躍表現而高興。面對她的笑容，馬修卻靜靜地搖頭。

「……很累。因為在那個戰場，我是孤單一人。」

將酒送到嘴邊的手霎時頓住，波爾蜜目不轉睛地盯著對方。青年一邊切著送來的羊肉一邊低聲繼續道：

「直到兩年前為止都不是這樣。我身邊總是有比我更優秀的同伴，只要和他們一起戰鬥就行了。既可以商量怎麼分工合作，發生任何問題也能藉著互相幫助克服。也幸運地遇到善待我們的好長官……」

懷念著已然失去的景象，馬修眼中忽然蒙上陰影。

「而現在不同。現在我只有部下。年長的幕僚們雖然不算敵人卻也不是自己人，陛下不肯向我吐露心聲。跟托爾威……也有很長一段日子沒好好談過話了。雖然在軍事會議上他會支持我的意見。」

波爾蜜認真地聆聽青年的每一句話。此時，馬修發現自己正單方面的發言，閉上嘴巴一口氣喝乾剩下的麥酒。

「——不好意思，突然想吐吐苦水。妳想問的明明是陸軍的變化，我說的這些算不上是報告啊。」

「沒關係，沒關係，你繼續說吧。」

波爾蜜一臉嚴肅地催促。她也不希望他有所顧慮。

「繼續說，不管是吐苦水或什麼都好，我是來聽你說話的，馬修。」

＊

同一時間，兩名女子正待在聳立於皇宮建地內的深綠堂等候室裡，依序等待謁見的通知。

「怎麼了，蘇雅？妳的肩膀在發抖。」

「因、因為……沒想到這麼快就有機會謁見陛下了……」

一再檢查服裝是否有不整之處，蘇雅顯得心神不寧——自從拜託哈洛瑪少校去詢問後，事情進展得很快，謁見一事在短短數天內成真。雖然是她盼望的結果，卻快到她來不及做好心理準備。

「事情自然是愈快愈好。我說話有解釋不夠清楚的毛病，這就期待妳的幫助了。」

「我也沒有自信！妳或許不知道，在宮中說話方式一一都有必須遵守的規範……！」

兩人正交談著，不久後便有貼身武官命令她們進去。蘇雅倒抽一口氣，娜娜克則好強地吊起眼角，兩人分別跟在武官身後。

兩人穿過最後一扇門踏進大寺院，從門口通往寶座的紅毯前端，那具身首異處的男屍就躍入眼簾。

「──擱在那會妨礙謁見。快收拾乾淨，露康緹。」

「是！」

當女皇冷冷地命令，擔任近衛隊長的女騎士露康緹・哈爾群斯卡上尉扛起屍體。右肩扛著軀幹，左手拎著首級，衣著看來屬於貴族的男屍轉眼間被運出大寺院。

「──────」「…………」

進門後第一眼目睹的景象，令蘇雅和娜娜克腳下一時之間動彈不得。不過一名武官神情焦慮地招手，使她們勉強回過神繼續前進。

「──拜、拜見御前。」

我來了一個可怕的地方。確信不移的念頭讓聲調打顫，蘇雅在女皇面前跪下。娜娜克緊接著也做出同樣的動作。

「是席納克族族長娜娜克・韃爾和陸軍准尉蘇雅・米特卡利夫？無妨，抬起頭來。」

繼續低著頭還輕鬆點。蘇雅一邊心想，一邊戰戰兢兢地仰望君主。

「給、給給給陛下請安──」

「拙劣的開場白就不必了，別做那些不習慣的舉動。」

女皇愛理不理地拒絕道。她主動向完全縮了起來的蘇雅開口：

「在軍校的學業順利嗎？米特卡利夫准尉。妳應該已奉命指揮訓練班了。」

「是──是！多虧陛下的支援，讓我得到這難能可貴的機會……！」

「那就好，以盡快有能力上前線為目標努力吧。雖然是士官出身，妳可是索羅克的愛徒。我對於妳的成長抱著比其他高等軍官候補生更大的期待。」

聽到這番話，蘇雅回想起眼前的少女等於是她的監護人。過於畏懼援助自己仕宦的對象必然也是失禮的。然而──目睹剛剛的屍體，她實在不認為自己的恐懼過了頭。

「那麼──娜娜克．韃爾。這次前來謁見，妳似乎心有所求。」

夏米優的目光轉向一旁問道。娜娜克迎面回望著她回答：

「沒錯。身為席納克族族長，我這次過來是想知道陛下的想法。」

「想法？若是能回答的事自然最好，妳想問什麼？」

「首先是第一件事。陛下打算怎麼處置我們？」

這是以部族代表身分提出的問題。女皇面不改色地回應：

「──你們在猶納庫拉州的生活很順利吧？」

「目前算是。」

「那麼，我沒有任何要求。從今以後也別挑起無益的爭端，平靜生活吧。歷代皇帝中有人十分厭惡席納克族，但我不包含在內。只要你們不危害帝國，我就保障你們擁有國民最低限度的權利。」

女皇極為穩妥又理所當然地說出對席納克這支部族的處置。心頭的憂慮因此減去一半，娜娜克坦率地低頭致謝。

「……身為族長，非常感激陛下這番話。」

「對你們課徵的稅額和其他國民一視同仁。不好好經營生活，只會讓整個民族面臨饑饉，別忘了這點。」

夏米優陛下嚴厲地補充，直視兩人的目光一口氣變得冰冷。

「場面話說夠了吧。妳們兩個是來申請與索羅克會面的吧？」

她一針見血的台詞，令蘇雅和娜娜克屏住呼吸。既然中間有哈洛瑪少校轉達，她將目的一併告知皇帝也是當然的。兩人以沉默當作回答，等待她往下說。

「不准，我的回答只有這句話。」

女皇很快下達的結論，沒有一絲容許反駁的餘地。

「是——是否能請教理由？」

如果自己保持沉默，娜娜克會失控。蘇雅直覺領悟到這一點，主動反問。女皇眉頭也不動一下地回答：

「伊庫塔・索羅克屬於我。這個問題不可能有除此之外的答案。」

「——伊庫塔從什麼時候開始變成妳的了？」

耐心即將耗盡的席納克巾幗英雄聲調流露出胸中熊熊的怒火。面對氣勢洶洶的娜娜克，夏米優揚起嘴角浮現這兩年來已十分熟悉的殘酷笑容。

「不明白嗎，娜娜克．韃爾？那我告訴妳。從我登基為帝的瞬間起，國土內存在的一切都隸屬於我。妳們兩人的性命也一樣。」

擺在眼前的專制君主論調，逼得娜娜克和蘇雅啞口無言。帶著與被奈安．米卡加茲爾克指責她做出魔鬼行徑時相同的表情，女皇繼續說道：

「我要怎麼處置我的東西，由我來決定。因此我不准妳們見索羅克。至於理由──對了，就當作是我沒這個心情。我不會要求妳們接受，因為這種話不必說出口，妳們也只有接受一途。」

「──妳！」

怒火中燒的娜娜克正要站起來，肩膀被蘇雅從旁邊伸來的手拚命壓住──「那個行動將導致死亡」。從她使盡渾身力道的手指察覺這個訊息，席納克族族長強行壓下激動的情緒。

「……妳……俘虜現在的伊庫塔打算幹什麼？聽說自從那個紅色傢伙──雅特麗希諾．伊格塞姆死後，不管對他說任何話也得不到一句回應。對妳來說不也一樣嗎？」

大寺院內的空氣震盪。一聽見那句發言，女皇的眼神明顯大變。

「為了妳的安危著想，我給妳一個忠告──在我面前提起雅特麗的名字時要很謹慎。就算我無意如此，嘴巴也很可能一時衝動下令斬下妳的首級。」

黑衣少女瞪著娜娜克，雙眸裡蘊含宛如熔岩的激烈感情，緊握的雙手五指陷入寶座扶手──但這樣的反應也只在一瞬之間。女皇做個深呼吸，將感情藏進回復原樣的冷笑底下。

「關於索羅克的病情，我本來就沒有義務通知妳們。他的病情已經穩定，受到全帝國最高水準的醫療待遇，我就只這麼說吧。」

「這不算回答。我問的是，妳軟禁伊庫塔打算幹什麼——！」

娜娜克還要追問，夏米優陛下加深了臉上如龜裂般的笑容。

「別得意忘形了，娜娜克·韃爾。我並不在乎——因為一時興起去蹂躪一個本來就已瀕臨滅族的邊境民族。」

從這番話裡看出女皇帶著瘋狂的認真，娜娜克沒有再說任何話。眼見她和蘇雅一起陷入沉默，女皇就當作事情已經談完了。

「謁見結束。後面還有人在等，妳們退下吧。」

當兩人離開，一名身材高大的俊美男子交替地踏入大寺院。

「拜見御前——陛下欺負了剛剛和人家擦身而過的那兩個小丫頭？」

耶里涅芬·尤爾古斯上將畢恭畢敬地跪下，同時詢問寶座上的女皇。忽略他一開口就拋出的失禮話語，夏米優陛下悠然頷首。

「沒錯。海盜軍的頭目無法效命於會欺凌小丫頭的君主嗎？」

「怎麼可能。嗜虐成性是君主的興趣——陛下在這方面真像妳的父皇。」

第二波攻勢是明顯的諷刺。恢復冷靜的少女眼中一瞬間燃起劫火，瞪著眼前的軍官彷彿要直接用目光將他燃燒殆盡。

「——在這裡下令斬首，有傷我的顏面。」

「陛下能夠發現真是再好不過了。妳或許不知道，我們尤爾古斯打從以前起就是如此。」

尤爾古斯上將毫無怯色地宣言。看出他的態度是某種意義上的自我介紹，女皇哼了一聲。

「就算效命也不討好主人，這是所謂海盜的自尊？——一群無賴。」

歸根結底，身為卡托瓦納海盜軍首腦的尤爾古斯上將就是這種傢伙。清楚地接受這個事實，她緩緩地將險些噴發的怒火吞回肚裡。

「也罷，就饒了你。失去馴服你的樂趣也很可惜。」

「臣欽佩萬分，陛下。」

尤爾古斯上將這次不帶諷刺地說。眼中充滿了衡量新君主斤兩的光芒。

＊

「……嗚嗯……」

「你、你沒事吧？靠在我身上也沒關係，慢慢地走，來。」

攙扶著腳步搖搖晃晃的馬修，波爾蜜走在越發熱鬧的帝都鬧區街上。

他們第一家店喝得起勁，之後只要經過哪家酒吧就進去喝酒，結果馬修剛剛終於在第四家店到了極限。

「地面不得了了……轉來轉去的……」

「你喝得太快了，我看直接搭上馬車會吐吧？」

波爾蜜邊說邊東張西望地環顧四周。

「要——要不要找個地方休息？你瞧，附近也有旅館。」

青年沒有回應，但波爾蜜強行將沉默解釋為默許繼續道：

「那、那就決定囉！呃～該選哪裡才好——」

利用馬修沒有抗拒的事實，她的話不斷進展。剛衝進映入眼簾的旅館站到老闆面前，波爾蜜從口袋裡掏出一疊鈔票遞了過去。

「雙人房住一晚！房錢用這筆錢付！」

「請、請慢慢休息。」

還真是位特別有幹勁的客人上門了。老闆驚訝地瞪大雙眼，替他們帶路。

「呼～！呼～！……」

進了房間之後，波爾蜜先到公用浴室脫去衣服，用幫浦打起井水一頭澆下弄醒自己。

「……真的進來了……怎麼辦……」

她以顫抖的聲音喃喃自語。先行動再煩惱，對於是無論是好是壞都過著積極人生的她來說是常有的事。首先要行動——不是仔細想過後再動手，總之行動完再來思考。這種莽撞的積極性格，果然稱得上是尤爾古斯家的血統。

「別、別膽怯！這符合事先的計畫，嗯！」

波爾蜜捏捏雙頰，壓下懦弱的念頭。像這樣急急忙忙的也好，波爾蜜說服自己——屬於海軍的她與屬於陸軍的馬修見面的機會本來就不多。既然獲得罕見的機會，希望關係出現最大限度的進展是當然的。我會支援妳，能做到哪個地步儘管去做。目送她離開時，叔叔的眼神不是這樣暗示了嗎？

「……沒錯。下次見面時，就算我和他有其中一方死了也不稀奇……」

要過著即使面臨生離死別也不後悔的生活。初次上陣倖存下來之後，她自然地產生這種想法。縱非如此，玩互相刺探的慢條斯理戀愛遊戲也不是大海女子的風格。

「——好！」

她重新振作起來穿好衣服，連做幾次深呼吸恢復冷靜。波爾蜜下定決心，回到有青年等候的房間。

「——我、我回來了！抱歉，拖了那麼久。感覺有好一點嗎？」

她以太想故作自然反倒僵硬的語氣攀談。油燈映照之下，躺在床鋪上的馬修仍舊茫然的目光在天花板上游移。

「……嗯，好一點了……不好意思，妳難得來帝都，我卻給妳添了麻煩……」

「別介意，在海上我受過你的照顧嘛。」

波爾蜜回答，一派理所當然地和青年坐在同一張床上。換成平常的馬修會驚慌失措，無奈他喝得大醉。沒察覺自己此刻的處境，他慢慢地開口：

「……海上嗎？說來是有這麼回事。」

「對呀。不如說，一開始我闖了很多禍……沒好好向你道歉，我一直耿耿於懷。」

隨著交談，波爾蜜自然地吐露真心話。剛相逢時一切都手忙腳亂的那段時光，如今回頭想想，卻充滿了留戀。

「對不起，我在你上船的時候像個蠢蛋一樣欺負你。那個，老實說——我嫉妒你們。明明年紀和我差不多，你們卻好幾次立功被大家當成英雄看待。我心想至少在海上不能輸給別人，裝出一副高高在上的樣子，就成了像那樣討人厭的傢伙……真的很抱歉。」

不先道歉，一切都無從開始。她殷切地想著，為從前在船上虐待青年一事賠罪。沉默一會之後，馬修一臉認真地開口：

「……妳叫我登上船桅，去拿下綁在帆桁最底端的繩子。」

「對不起……」

「還逼我吃生魚。我去吃飯的時候，餐盤上只放了一塊生魚肉。藉口是什麼來著？為了防止壞血病需要吃？」

「……真的很抱歉……」

「那時候妳是怎麼稱呼我的？有點想不起來了，妳現在可以再說一遍嗎？」

「……壞心眼……」

波爾蜜低下頭，眼角泛起淚光。看見她的肩膀微微顫抖，馬修也面露苦笑不再捉弄她。

「不好意思，我得意忘形了……過去的事情就算了。伊庫塔說過——責怪犯錯的傢伙也於事無補。妳的確曾經犯錯，但後來做過適當的反省，我認為這樣算是及格了。」

他對一同跨越過生死關頭的同伴說出坦率的真心話。如果少了她的力量，馬修已經在戰鬥中葬身海底。

「比起這個，那一戰結束後還真辛苦啊……因為伊庫塔在最初的遭遇戰負傷，我只好代替他參加軍事會議。那時不得不在尤爾古斯上將和其他海軍高官面前演說，我緊張得要命……明明毫無自信，伊庫塔卻點名推薦我，雅特麗也沒有任何異議……」

以他和波爾蜜的對話作為開端，當時的記憶漸漸復甦。所有的回憶都令人懷念地和溶進血液裡的酒精一起在馬修全身循環。

「那兩個傢伙很擅長誘人上當，騙人時默契十足。就算本來完全不想搭理，也會在不知不覺間被他們激起想嘗試的心情。」

或許因為如此——工作成果得到他們的認同，是最讓我開心的事。比起獲得長官誇獎、接受先帝陛下授勳的時候更加……那比什麼都更令我開心。」

青年口中忽然吐出不曾對任何人表明的心聲——接著聲調顫抖起來。

「然而——為什麼死了？」

波爾蜜屏息轉過頭，目睹了那貫穿馬修胸膛、深不可測的虛無。

「雅特麗——為什麼死了？伊庫塔——為什麼不回來？少了你們……我以後該向誰誇耀自己的功勞？該以誰的背影為目標前進？」

大顆的淚珠自他的雙眼溢出，青年以雙臂遮住臉龐——他一點也沒有恢復過來。短短兩年不可能足以讓他接受現實。冷風咻咻地吹過失去炎髮少女後再也不曾補上的空洞。

「我一直追逐著你們的——你們的背影！不只是我，托爾威、哈洛還有公主不都一直像這樣跟隨著你們走過來嗎！在你們的引導下前進嗎！——結果卻、結果卻！」

「馬修……」

波爾蜜什麼話也說不出口。除了沉默以外的行動都被封住了。因為她領悟，折磨眼前青年的悲傷絕非自己所能治癒的。

「——可惡。只有我一個人。

沒有你們的戰場，我是孤獨一人。」

馬修像被父母拋下的孩童般呻吟。找不出否定這番話的台詞，波爾蜜紐耶此刻只能依偎在他身旁。

＊

結束與耶里涅芬・尤爾古斯海軍上將的面會後，夏米優本日預定辦理的公務告一段落。她與貼身武官們一起離開深綠堂，前往位於禁中更深處的壯麗建築物——以作為寵妃住處聞名的後宮。

「——我在後宮逗留片刻。別放鬆宮中的戒備。」

「遵旨。」

近衛隊長露康緹・哈爾群斯卡上尉即刻回應。送君主到房間後，她將直接負起附近的守衛工作。

穿過從禁中連結過來的走廊來到後宮大門前，近衛兵們同時止步。除了原本居住於此的人和分配過來照料起居的人員之外，原則上只有皇帝本人有資格進入此處。負責送皇帝到房間的露康緹是唯一的例外。

聽著沉重門扉在背後關閉的聲響，女皇和她的騎士走過後宮的走廊。精雕細琢的石牆厚重又華麗，但除此之外可以說找不到任何美術品。昔日密集地點綴室內的美術品，都隨著新任皇帝登基被脫售充作財源。

不只美術品。這座後宮裡，早已連一名寵妃也不存在。在先帝時代從全國各地蒐羅而來的美女們，都在少女登基的同時遭到遣散出宮。代替她們入住後宮的只有一名男子——那人無論如何也不能稱作男寵，對夏米優・奇朵拉・卡托沃瑪尼尼克來說是獨一無二的存在。

「露康緹。」

「是。」

走在視野遼闊的走廊上，女皇忽然對騎士開口。露康緹挺直背脊等候她發話。

「妳應該後悔了吧？」

聽到出乎意料的問題，她雙眼圓睜。看出對方的困惑，夏米優補充道：

「我是指兩年前跟隨了我。從任命妳當貼身近侍以來直到今天，我總是命令妳幹骯髒事。全是些無法讓人昂首挺胸面對妳已故兄長的髒活。」

女皇淡淡地說著，停下步伐轉身望向騎士，臉上浮現彷彿在嘲笑對方忠誠的殘酷笑容。

「最近這陣子……還有人稱呼妳是『斬首騎士』。」

不祥的綽號傳進耳中。露康緹針對此事思索了一會，乾脆地搖搖頭。

「下官下起手來確實變得熟練許多，但不覺得自己有被強迫去做討厭的差事。」

女皇嘴角的笑意倏然消失。黃金雙眸直視著騎士的臉龐。

「……有意思，表明妳的心聲。」

「斬下某人的首級時，鮮血的確噴濺在下官身上。然而，因流血產生的責任，全都由陛下帶走了。」

既未被氣勢壓倒也不露怯，露康緹直接說出想法。能夠像這樣不帶任何逞強在女皇面前自然回應的人，已是寥寥可數。

「下官只確實明白一件事，那就是夏米優陛下正傾盡全力想要守護帝國的人民。陛下以無論對誰來說都嚴苛又痛苦的形式著手，不惜自身遭人厭惡也要達成。」

曝露在夏米優嚴厲的目光下，露康緹臉上依然浮現堅強的笑容。那是個和女皇形成對比，不帶任何深意，非常無邪的純樸笑容。

「既然這個基礎從兩年前起毫無改變，下官沒有什麼需要懊悔的。」

原來如此。夏米優陛下在心中佩服地想，沉默地再度邁步——無論何時試圖動搖她，這名女騎士都不為所動。兩年以來，女皇多次切身感受到，雅特麗希諾．伊格塞姆指名派她過來可說是相襯的必然結果。

抵達在後宮中也特別位於深處的一扇門前，少女沒有回頭直接背對著告訴騎士：

「……送到這裡即可。不管是誰來了，都別放人進門。」

對於君主一如往常的要求，露康緹挺起胸膛承諾。

「包在下官身上。說實話，比起斬首，下官更加擅長驅逐狐狸。」

女騎士強而有力地斷然說道。暗暗羨慕她的坦率，女皇藏起內心想法消失在門後。

所有為寵妃們準備的房間，在門口到主要的起居室之間必定設有等候室。這是考慮到皇帝和寵妃雙方做的安排——避免他們在補妝完畢之前碰面。

「——呼。」

僅管這項慣例已沒有意義可言，少女還是很感激有機會先做好心理準備。拜訪他的時候，沒有一次她的心不是砰砰直跳。

「——我要進來了，索羅克。」

等心情冷靜下來，她交代一聲踏進房門。霎時間，數不清看過多少次的景象幾乎毫無改變地在眼前展開。

房間不算寬敞，比起一般平民的寢室略大一點。屋內傢俱也像在配合這點般統一選擇了樸素的款式，是希望在這裡生活的他能夠稍稍獲得平靜。

房間深處有扇窗戶，但窗外並非戶外而是中庭。為顧及保全問題，窗戶無法設計成寬廣的視野，相對地窗外栽種了色彩繽紛的花圃作為慰藉。從清晨到白天，小鳥會飛到中庭一展歌喉。

目前後宮唯一的居民，就在窗邊的床鋪上。他微低著頭坐起上半身，漆黑的雙眸俯望著窗外的中庭一動也不動。即使少女走進房間，也沒有任何反應。

那就是伊庫塔．索羅克這兩年來毫無變化的現狀。

「午安，夏米優、西亞。今天你們也來看他了。」

光精靈庫斯從床邊的椅子上代替主人歡迎訪客。夏米優嘴角浮現柔和的微笑。那是除了在此處之外，她絕不會顯露的真正表情。

「庫斯，索羅克的情況如何？」

她一邊攀談一邊走近床鋪，同樣在旁邊椅子上坐下。庫斯靜靜地搖搖頭。

「和昨天一樣安靜。今天也沒法和他交談。」

是嗎。少女冷靜地接受每次造訪時就重複一遍的報告。通曉人心的光精靈，總是不會忘記補充幾句：

「不過，他吃了東西。冰鎮的發酵乳和新鮮水果似乎比較容易吞嚥。多虧妳做了各種嘗試，最近這陣子他看起來不再消瘦了。」

「那就好，我不能讓索羅克吃經過反覆試毒後冷透的食物。」

回想起自己住在皇宮時的記憶，夏米優略帶苦笑地說。側眼看了看她，庫斯呼喚在同一個空間裡的另外三個精靈。

「西亞、魯涅、費歐，你們也往這邊走。」

「了解。」

鑽出少女腰包的火精靈西亞回應庫斯的呼喚，走過地板。原本待在床鋪枕畔的水精靈和風精靈也跟著照做。除了西亞之外的精靈，是為免伊庫塔生活不便，後宮僕人寄放在這裡的。

「我們照以前一樣到等候室去。需要燈光就叫我們。」

精靈們移動到等候室，以免妨礙兩人相會。在他們離開後變得更安靜的房間裡，夏米優斟酌詞語好半晌後悄悄開口：

「……腿傷還疼嗎？索羅克。我覺得像今天這樣的大晴天，試著到中庭散散步也不錯。」

沒有回應。不過這是老樣子了。少女改變話題繼續說道：

「今天，娜娜克．韃爾和蘇雅．米特卡利夫前來謁見申請和你會面，在我拒絕後回去了，那個……你該不會想見她們其中一人吧……？」

別提就好的消息，在罪惡感促使下脫口而出。然而，即使聽到這句話，伊庫塔的表情仍然沒有任何變化。

「……真是愚蠢的問題。換個話題吧……」

對鬆了口氣的自己感到作嘔，少女仍舊往下說。

「——前幾天，我鎮壓了陸軍上校奈安．米卡加茲爾克的叛亂回來。從兩年前的政變算起，這是國內第五起大規模叛亂。

攻略那傢伙固守不出的要塞都市加爾魯姜時，為求盡早攻陷，我用上有些殘暴的手段……被席巴上將斥責。還拿出惡名昭彰的『刑帝』打比方。」

夏米優臉上浮現自嘲，手放在膝蓋上深深嘆息。

「或許他說的沒錯。實際上，不像天不怕地不怕的他，馬修漸漸開始畏懼我。最近他看我的眼神摻雜著恐懼……雖然現在尚有竭力想理解我想法的部分在。」

夏米優愧疚地告訴他。那些全是攏出女皇面孔時絕對無法說出口的喪氣話。

「相對的，托爾威似乎決意徹底追隨我……這兩年間變化最大的人，毫無疑問是那位青年。最近他下定決心的態度，甚至令我連想到往年的伊格塞姆。」

伊庫塔什麼也沒說，少女還是面對那份沉默說下去：

「如今，哈洛是連繫他們兩人、將他們留在我身邊的最後寄託。假使現在出了意外失去她……『騎士團』說不定會分崩離析。」

她以沙啞的嗓音吐露不安。說話時，少女的肩膀一直微微發抖。

「在擊敗敵人之前，必須先害怕失去自己人。很滑稽吧，索羅克。不過，這是當然的狀況──對選擇恐怖政治這種烈性藥，來重建一度動搖的秩序的愚蠢君主來說。」

低頭望著放在膝頭的雙手，她看見手上沾滿血跡的幻影。

「我已經砍掉了許多腦袋。趁機嘗試謀反的軍人、事到如今還不肯放棄既得利益的貴族……連決定事不關己高高掛起的民眾也不例外。他們是當事者。因為他們才是必須率先參與決定這個國家未來的人。」

宛如懺悔般，她未對誰而發地說個不停，忽然抬起頭對黑髮青年投以無力的微笑。

「可是，索羅克……這一切或許都再也和你無關了。」

夏米優眼中透出斷念之色。少女比誰都更清楚，他保持沉默乃是必然。知道那個欠缺永遠也填補不了。正因為如此……

「我無論如何也不會再要求你去做些什麼。相對的，你只要……只要留在這裡就夠了。只要在背後見證我的過錯、我的奮力掙扎──就夠了。僅僅這樣就足夠。」

她起身離開椅子走向床鋪。站在她親手關進籠裡的男子面前，夏米優的聲音無從壓抑地顫抖著。

「娜娜克・韃爾問我，我把你軟禁在後宮打算幹什麼。我不得不拚命按捺住馬上反問的衝動——我能幹什麼？我、我究竟能夠……」

她往床鋪探出身子，伸出右手指間輕觸對方臉頰。

「你的心永遠屬於雅特麗。那麼，至少得到身體——嗎？」

想要一狠心把他抱進懷裡的衝動襲上心頭。少女咬住嘴唇，打退那股近乎妄執的感情。

「我辦不到。一旦那麼做——到時候自己的醜陋會讓我崩潰。」

幾乎像一根根扯下來似的收回觸摸臉頰的手指，取而代之地以雙臂將青年無力垂下的右手摟到胸前。

「所以……只要一個掌心就可以了。」

掌心傳來從前拯救過她性命的溫暖。掃除沉積在她心中的黑暗，讓她窺見應有的贖罪未來，對夏米優而言獨一無二的救贖。

「僅僅這樣而已，你可願寬恕？可願放過？請原諒我依賴這份溫暖……」

一滴淚流過臉頰，滴在青年手臂上沾濕肌膚。

無人回應少女的哀求——籠中的時光無比緩慢地流動著。

接見娜娜克．達爾兩天後的晚間九點過後。

這一天的這個時刻，當世上所有生命中她最厭惡的人物晉謁，女皇散發出非比尋常的殺氣坐在翠綠堂寶座上。

「——沒想到必須在深更半夜見到你的臉。」

開口第一句話，她就對眼前的臣下拋出打從心底的侮蔑。但他本人聽到之後，面具般的笑容卻沒有一絲動搖。

「真是嚴厲，我竟在不知不覺間惹陛下不快了？」

「開什麼玩笑，你討我歡心的方法只有一種，那就是在極致的痛苦中掙扎。」

沐浴在君主的責罵中，帝國宰相托里斯奈．伊桑馬愉快地笑著。從兩年前的事變直至今日——唯獨這名男子絲毫未變地獨自散播著瘋狂。

「…………」

女皇的雙眸裡沉積著熔岩般的殺氣。真想立刻將他大卸八塊餵狗——每次碰面就忍不住湧現的瘋狂衝動，至少往後三年都沒有實現的可能。這兩年之間，她試過所有想得到的方法來除掉眼前怪物，全數以失敗收場。

有些看法認為，以先帝代理人身分濫用皇帝權力的宰相托里斯奈．伊桑馬，其權力基礎會隨著第三公主夏米優登基成為新皇連根崩盤。夏米優登基後，先帝托付給他的大權將正式歸她所有──她登基後沒多久，便發現這種預測有多樂觀。

「──『為圖政務順利交接，自皇帝駕崩後五年內不可免除帝國宰相的職務』。不管重想幾次，都是段了不起的廢話。在我不知情的時候，這個國家的法典似乎淪為你的塗鴉冊了。」

「呵呵呵，請別亂講話……即使是現任皇帝，本來也不許在前任皇帝駕崩五年內更改先帝時代制定的律法。這是為了避免君主交替導致國政混亂的傳統規範，可有任何怪異之處？」

狐狸一臉歡喜地說。實際上，先帝的權限唯獨在這一點上優於在世的夏米優。如果她主動推翻先帝的決定，等於否定繼承自先帝的皇位本身。看在監視皇族動向的貼身精靈眼中，多半會解讀為明確的反叛行為吧。

「……真好笑，有兩個貼身精靈存在的現狀，在你口中說來也是理所當然？」

「那是自然。如同方才所述，先帝陛下託付給我的權限有一部分依然生效。貼身精靈的存在是此一事實的實體保證。這麼一來，若非陛下和我雙方皆擁有精靈豈非不合道理？」

作為現任皇帝掌握大權的夏米優，與作為代理人保有先帝部分權限的托里斯奈。為了接受這種沒有前例的抗衡狀態，貼身精靈必須主動拋棄貼身精靈只有一個的前提。現任女皇的搭檔──繼承自炎髮少女的火精靈西亞已具備貼身精靈權限伴隨在她身旁。同時，既往的貼身精靈也在托里斯奈身邊保有部分機能。

「只要身為宰相的權限還通用，那個悠關你性命的保險依然有效……簡直令人煩躁到極點都覺得傻眼了。真虧你能只為了自保無法無天地胡搞到這種地步。」

那個保險指的是藉由兼任帝國宰相和大司教神官職，使托里斯奈·伊桑馬的死亡背負了導致「國內所有精靈停止活動」的過度不利條件。

事情的真偽至今依然不明，夏米優也構思了許多趁隙暗殺他的方法，卻沒有一個付諸實行。之所以如此——是因為貼身精靈方面對於懲罰發生條件「殺害托里斯奈」和「相當於殺害的行為」的判斷基準範圍極廣。

從奪走托里斯奈的貼身精靈算起，到塞住他的嘴使其無法跟貼身精靈溝通、迫使他做出非自願的行動及發言，以及剝奪其移動自由的舉措在內，都被貼身精靈當作「相當於殺害的行為」給予警告。

……實際上，這些法子不必夏米優嘗試，伊庫塔在兩年前就全部實驗過了。正因為全部遭到防堵，他才直到最後都無法制止托里斯奈打亂戰況。經過兩年的時光，女皇仍舊尚未找出狐狸的自保破綻。不僅如此，還不得不考慮給他特別的保護，以免他意外死亡帶著國家一起陪葬。

「我這麼做絕非為了自保。只要還活在世上，我會盡微薄之力協助陛下辦理聖務。因此才想方設法直至今日。」

「你說你想活著幫助我處理國政？不過，期盼盡早把說出這番話的你絞成碎肉的人，可正是我。」

散發殺氣的黃金雙眸閃閃生輝。連承受那股壓迫感都能感到愉悅，狐狸的身體隨之搖動。

「呵呵呵……！雖然不排斥遵循您的意思展現忠誠，恕臣惶恐，那還是等日後其他機會再說。現在我有緊急情況要報告。」

「……說吧。只有報告期間，我就得忍受和你吸相同空氣的不快感。」

已化為每次見面慣例的吐露恨意就此告一段落，夏米優催促著佞臣上奏，於是托里斯奈抬起頭開口：

「那麼我簡短地報告——拖時間差不多已到了極限。」

女皇眼角一顫。托里斯奈搶先舉起雙手。

「請先容我解釋以免誤會，潛入齊歐卡的特務非常賣力，他們已數度引發大規模內亂，在那邊的政治和軍事方面造成很大的困擾。」

「正合我意。繼續下去如何？」

依據以毒攻毒的原則，女皇要托里斯奈參加對齊歐卡的特務活動。部分派往實地活動的人員，是兩年前在狐狸手下工作的祕密諜報部隊。除了特務活動本身的目標，這安排還有削弱托里斯奈依然深不可測的國內影響力的意圖在。

「雖然很想，可惜準備的材料已經耗盡。我手邊的人力自不用說，連過去雷米翁上將和伊格塞姆元帥派出的間諜都全數利用上了，但拖延兩年已是極限。活動往後也會繼續——但想再掀起組織性的叛亂十分困難。他們的活動只能當作收集情報的助力。」

「這就是報告？總之，你這次是來令我失望的？」

女皇眼中浮現明顯的輕蔑。那一瞬間，狐狸誇張地展開雙臂。

「豈敢豈敢！倒不如說，我是來報告大事已成。」

「——什麼？」

「這兩年之間，陛下政績卓越。首先，您將分裂為三股勢力的帝國軍重組為一體，借自身的強權重新豎立因伊格塞姆失勢而動搖的軍規。每當有軍人顯露野心暴動，您便親自上戰場展現武威——正是君主應有的英姿。我怎能不歡喜？卡托沃瑪尼尼克的神祕血統，終於在您這一代復甦！」

托里斯奈突然唱起獨角戲，他用熱切的眼神望著女皇，滿臉歡喜地往下說：

「內政方面的出色成績也毫不遜色。真虧您在短時間內，將失去大半閣員陷入機能不全的國政修補到可運作的程度。起用低階官吏人才、重組內閣與人員安排，還有育成方針——每一個環節一旦犯下重大錯誤，想必將招致悲慘的結果，然而陛下順利地達成了。這正好證明您在整體上理解這個國家的構造與缺陷。」

夏米優的背脊掠過一陣恐懼。她明白對方的話語是不包含任何客套話的真心讚賞，正因為如此才不快得難以忍受。「我達成了這個怪物的期望。」光是這麼想，她就忍不住希望兩年來的工作全部化為泡影。

「在籌措財源方面也是放手一搏。腐敗貴族們儲存的財物自不用提，您還脫售了皇宮內大部分的皇室財產吧？不只用來重建國政及軍方組織，還毫不吝惜地提撥給陣亡士兵的家屬作為撫卹金。

真是分得清優先順序！錢斷情也斷——處在這種潮流下，才更應該牢牢栓緊士兵們的脖子！」

毫不顧慮對方的心情，托里斯奈單方面地不斷讚美女皇的功績。這是讚譽形式的評定，用來評價少女以多高的水準效仿了他心中理想的君主形象。

「替換盜用公款化為常態的敕任官，使各州的徵稅效率提升。肅清那些無禮之徒兼具端正紀律的效果，可說是一石二鳥。如今再也無人懷疑，這個國家的當權者是誰。」

「——住口，狐狸！無論哪一件事不都只是治標不治本嗎！」

無法忍受他滔滔不絕的演講，女皇大喝一聲制止。

「國內暫時的興旺景象是恐怖政治的效果。然而，那只不過是靠我威脅才成立的臨時穩定狀態。既然國家的結構本身未變，這也是當然的。軍事與政治的穩定仰賴個人能力維持——你還不明白，這狀態本身就是極度的不安定嗎？

打個比方，我現在就像雙手拿著鍋蓋按著兩口大鍋，一放鬆力道沸水不但馬上會冒出來，就算不放手，鍋內壓力也將隨著時間上昇。如果不動腦筋一直做同樣的動作，被沸水當頭澆了一身的日子也不遠了！」

少女氣喘吁吁地大喊。打從一開始，她就絲毫不認為自己算得上優秀的君主，反倒自認屬於暴君、昏君一類人物。正因為如此，再也沒有比自己的行徑獲得贊賞更叫她不愉快的事情。

相對於激動的君主，托里斯奈臉上浮現沉穩到可恨的笑容，他以甚至感覺得到慈愛的口氣繼續補充：

「在憑藉恐懼使人服從的階段，產生這種憂慮也是無可奈何。不過，陛下走上的王道還只是開端，您遲早會用超越恐懼的威嚴讓萬民拜服。正因為如此，我毫不擔心您的命運。」

「瘋子真輕鬆啊，只要像這樣作著美夢就夠了——」

儘管受到焦躁驅使，女皇拚命保持自制。現在繼續牛頭不對馬嘴的議論也沒有意義可言——她如此說服自己，好不容易回到皇帝應盡的責任上。

「……回到正題，你說拖時間已到極限……意思是必須作戰爭準備？」

「正是，陛下，齊歐卡再度來犯只是時間的問題。」

「好吧，我會強化國境防衛。」

她中止無益的應答說出結論。然而，托里斯奈還不肯退讓。

「那是很好，但還不夠——陛下可還記得齊歐卡對外戰略的基本方針？」

夏米優的動作戛然而止，不同於先前的胡言亂語，她感覺出這個問題帶有無法忽視的意圖。

「——『找敵人的敵人當朋友』，像從前促使席納克族暴動一樣。」

彷彿在讚許她答得很好，狐狸對冷靜說出正確答案的她投以燦爛的笑容。

「沒錯，更應該防備的是內賊，以這觀點審視國內，陛下應當能發現一群立場比席納克族更不穩定的人。」

一理解對方想說什麼，女皇咬著大拇指指甲垂下目光。

「……阿爾德拉教團嗎？」

「——挑撥帝國內的阿爾德拉教相關團體，應該會掀起一番騷動。」

＊

這裡是齊歐卡共和國首都諾蘭多特。在聳立於井然有序的街景中央，一座耀眼白色大理石議會議事堂內，不眠的輝將與兩名親信副官再度奉召來到主席執政官辦公室。

「自從拉．賽亞．阿爾德拉民神聖軍翻越山嶺入侵，可以推測帝國內的阿爾德拉教徒平時就深感不安。既然宗教層面的正義背離到本國之外，這也是當然的反應。其中神官們動搖得最嚴重。愈虔誠的信徒愈夾在教義和現實之間而苦惱，其他人也對和保證自己身分的母體分開感到不安。由我們動手，抓準這一點促使他們行動的可能性很高。」

說明戰略構築的根據，執政官把玩手中的益智環。今天的益智環是三根複雜彎曲的金屬管，令人有種難度比平常更高的預感。

「這麼做有幾個目的。打亂帝國內的世態人情，先行替決戰削弱其軍事戰力——唉，這部分和至今所做的誘發內亂策略並無不同。在決戰時期到來前，我們會一貫採用這種手法。」

雖然曾錯過一次機會。阿力歐以輕鬆的口氣開玩笑。表面上當成玩笑話聽過去，在約翰胸中悶燒的懊悔之火卻難以壓抑。

「不過這一次，這些戰略目標還要加上一個重點。趁計畫執行敵方陣營陷入混亂之際，奪回『白翼太母』艾露露法伊．泰涅齊謝拉。」

聽到被俘虜的好友名字，三人的表情同時一凜。進行救援同伴的任務時，士氣會比平常更高昂。阿力歐露出微笑，這是烙印在許多軍人身上的條件反射，對在場的他們來說也不例外。

「正如你們所知，我很執著於自己發掘的人才。她也和你們一樣，是齊歐卡無從替代的人才。該請她放完這場長假，回到我的手邊了。」

「Yah。少了她，重組後的第四艦隊戰力將大幅降低。」

「這是一方面，同時她的存在也是政治意義上的象徵。在如今還稱不上團結一心的齊歐卡，雖然略嫌過於奔放，再也沒有比她更能體現博愛的人物。考慮到戰爭結束後的勢力版圖，我想趁現在讓這樣的人占據高級軍官的位置。」

在戰爭中大展身手的軍人，離開第一線後依然會在各方面維持很大的影響力。阿力歐根據這個原則設立的方針，讓哈朗抱起雙臂表示佩服。

「執政官閣下真不愧是具備遠大的視野，已經考慮到戰後的情形了？」

「硬要說的話，我想一直考慮戰後的事啊。我是熱愛和平的人，經常感嘆自己運氣不佳生在戰亂時代。」

執政官露骨地嘆口氣。他沒有錯過米雅拉微微皺眉的反應。

「……聽起來有夠假的～看妳的表情剛剛是這麼想的吧，米雅拉。」

「咦？——我、我沒有那樣想！」

米雅拉錯愕地否定他正中紅心的猜測。很明白她內心的想法，約翰也微露苦笑地開口。

「就是說啊，閣下。即使心中這麼嘀咕，她措詞也不會如此粗魯。『執政官閣下難以猜測的真實想法，想必和表面的言行舉止大不相同』……假使她心懷不滿，多半是像這個樣子。」

「連約翰都……！請別捉弄我了！」

完全成了取笑對象的米亞拉憤慨地轉過臉。阿力歐聳聳肩。

「無法照字面意思解讀話語是政客可悲的宿命。唉，先不提這些——像席納克族那次一樣，這次在帝國內也需要有伴引路。雷米翁派的內部監察揪出了不少我們的諜報人員，作戰難度大概會比以前來得高。作為亡靈的一分子，米雅拉，關於這一點妳有何看法？」

他露出認真的眼神徵求意見，那股壓力使她立正站直後開口。

「……敵方加強戒備，我方的干涉力道減弱，的確令人不安。在此前提下想謀求必勝，我認為必須徹底喚醒『睡夢中的人』。」

米雅拉用亡靈之間的暗語提議。考慮一會兒之後，阿力歐揚起嘴角。

「的確，在這個階段動用珍寶也不壞。那麼，選中的人是她？」

「沒錯，若是她就辦得到。」

米雅拉自信十足地承諾。一旁的約翰也頷首表達贊同。

＊

「——少校，一大早打擾妳了，有妳的信！」

打理好衣服的她正在刷牙時，門口傳來敲門聲和呼喚。她慌忙漱口，快步走到玄關開門。

「有信嗎？謝謝你。不好意思，總是麻煩你送到房間來。」

哈洛一如往常親切地向相識的郵務配送兵攀談，對方臉上也浮現可親的笑容。

「不必擔心，依照規定這是校級軍官以上的待遇，貝凱爾少校也晉升到這個階級了，請更光明正大地使喚我們。」

「啊哈哈，我還是不習慣呢。」

和他在玄關閒聊一會兒道別後，哈洛抱起轉交給她的幾封信轉過身。她走回起居室，同時一一確認寄信人及內容。

「下個月的班表和薪資明細表……啊，還有漢娜阿姨的信。真懷念～在猶納庫拉州的大家過得好嗎～」

哈洛一一拆封檢查內容，手上的動作忽然頓住。

「……老家寄來的？」

貝凱爾家寄。哈洛打開這樣標注的信封，望向裡面的信紙。

「…………」

字面乍看之下是極為平常的父親來信。除了報告全家人的近況，還掛念女兒的生活給她一番強烈的鼓勵。

「……呼啊！……呼啊！……」

閱讀著那平凡無奇的文章，哈洛的呼吸呈加速度愈來愈急促，巧妙地交織在字裡行間的暗號，超越理智訴諸意識深層領域的訊息。

「……呼啊！……呼啊！……呼啊！呼啊！呼啊！呼啊！呼啊！呼啊——！」

異狀不久後轉變成顫抖擴散至全身，化為直接在頭蓋骨內迴響的聲音。

——「起床時間到了，派特倫希娜」。

「呼啊————！」

肺腑收縮到極限。在呼吸過度的臨界點上，被漂白的意識此時猝然斷絕。

「——不好意思，少校，妳還有一封信！混在其他信件裡不小心漏掉了！」

發覺疏失的郵務配送兵折返打開房門，只見哈洛掛著和平常一樣的沉穩微笑站在起居室內。

「——好的，謝謝你。」

「不不，剛剛才提過要妳儘管使喚我就出錯，真抱歉——嗯？那是……老家寄來的信嗎？」

遞出忘記轉交的那封信，他看見她手中的信紙。也許是抓住時太用力，紙上有著扭曲的指痕，顯得有點不自然。

「——是呀。弟弟們經常來信，但爸媽倒是很少，今天相隔許久後收到了他們的信。」

「這樣嗎？有好弟弟真叫人羨慕。我在故鄉也有妹妹，可是她非常不愛動筆，這幾年連一封新年問候也沒寄來過。」

士兵面露苦笑地表明，哈洛摀住嘴角咯咯發笑。

「呵呵——不過，我的老家家教也很嚴格，這次的來信就斥責了我，說：『反正妳連工作也沒做只顧著睡懶覺吧，快給我從夢中醒來去工作！』」

「真嚴厲啊。在我看來，少校在工作時明明很勤奮……——哎呀，一不注意就聊了起來。下官告退了，請慢慢看信。」

士兵貼心地結束對話，離開房間。唉～～茫然地目送他的背影離去，哈洛憂鬱地嘆息一聲。

「——真是的……其實，要是能讓我一直睡下去該有多好～」

她的口吻出現微妙的改變，每一個表情和舉止都漸漸透出稚氣來。

「晚安，哈洛瑪．貝凱爾。取而代之地道聲早安，派特倫希娜。

啊啊，想起來了——沒錯，我是最差勁的人，不可能一直待在這裡。」

嗯～哈洛小碎步走到窗邊，渾身沐浴在傾注而下的陽光裡呻吟一聲，像剛清醒的貓一樣伸個懶腰。

「——快樂過嗎？傷心過嗎？直到今天為止，和朋友一起哭泣過歡笑過嗎？可是，沒有以後了。作夢的時光到此結束。」

彷彿像在對身旁的什麼人呢喃般，哈洛在明亮的房間裡不斷自言自語。

「我醒來之後，不管好事或壞事，全都會由我這雙手毀掉，那是『我們』的命運，想起來了吧？來——所以該走了。外面天氣真好！」

無邪的聲音、純潔的眼眸與無比空洞的笑容，一切面目全非。昔日叫哈洛瑪．貝凱爾的女子散發出的氣息，不再是活生生的人會有的。

「開始美妙的工作吧，開始我們的工作吧——」

腳步像雲朵般輕盈，哼起歌來比小鳥更爽朗。

從長年沉睡中醒來的最惡質亡靈，在這一天的早晨不為人知地被投入世間。

〈完〉

後記

懷抱煥然一新的心情，新章節開幕。大家好，我是宇野朴人。

系列來到第八集，擔任故事視角的人物也出現大幅變化。希望大家能看出這些分屬不同國家及陣營的許多角色各自抱持的想法。

關於本篇的話題到此為止，這次我想聊聊貓。

我家現在養了兩隻貓。其中一隻是大家知道的，占據本系列小說作者近照的大型緬因貓。牠不僅體格大還屬於長毛品種，放著不管很快會變成全身是毛團的巨大毛茸茸團塊，時常刷毛是必不可少的。若在森林中遇見毛線球化發展到末期的這種貓，與其說是動物看來大概更像妖怪吧。

另一隻則是形成對比的蘇格蘭摺耳貓，是還不滿兩歲的小鬼頭。牠一碰到什麼狀況就會立刻露出牙齒低吼作威嚇貌，相對的心情好的時候喜歡不分場合地躺下來露出肚皮。「吶，你的野性丟到哪裡去了？」我經常一邊撫摸牠的肚皮一邊問。

這令我突然想到，當人類滅亡之後，牠們會恢復野生狀態嗎？

假設有個無法重返大自然的臨界點，我擔心牠們會不會已經跨越了。換成同樣是人類好夥伴的狗，想像牠們回歸野生化堅強活下去的樣子很簡單。經歷大災難後的世界很適合野狗。例外的……

大概頂多只有吉娃娃。

可是，貓呢？在遭核災籠罩人類消失後的地球上，是否有貓的容身之處？把數值全點在可愛項目上的貓兒，是否能在無情又嚴酷的原始世界存活，令我十分不安。貓……貓到底……

接下來，我要問候執筆本系列時關照過我的各位。

插畫家竜徹老師，感謝您這一集也提供了精采的插畫！非常抱歉，因為我的延誤壓縮到繪圖時限，請讓我在年底好好賠罪……

漫畫版作者川上老師，角色與畫風隨著連載回數愈來愈契合，我每個月都對《電擊魔王》的發售期待萬分。作為一名讀者，我很期待後續的發展！

責編黑崎編輯，今年我又給你添了許多麻煩，實在惶恐……你作為編輯一貫不變的態度總是我的救贖。

最後，我要對拿起本書的你獻上今年最大的謝意！

漫畫版《天鏡的極北之星》作者 川上泰樹 特別贈稿

TAIKI KAWAKAMI PRESENTS

天鏡的極北之星
第八集
恭喜發售!!
真好奇日後發展…!!
川上泰樹

《發條精靈戰記　天鏡的極北之星》現正熱賣中!!

Kadokawa Light Novels

軍武宅轉生魔法世界，靠現代武器開軍隊後宮 1~3 待續

Kadokawa Fantastic Novels

作者：明鏡シスイ　插畫：硯

跟集結起的軍團同伴一起，
達成奪回布萊德家作戰！

　　在吸血鬼一族的家庭糾紛中，琉特成功救出大小姐克莉絲，然而他們策劃的反攻作戰卻是戰力與資金完全不足的狀況。苦惱之際琉特與克莉絲耳聞了開發魔術道具的天才「魔石姬」梅亞．多拉桂的傳言。他們為了尋求支援而造訪了梅亞所在之地……

各 **NT$200~220/HK$60~68**

台灣角川

Kadokawa Light Novels

未踏召喚://鮮血印記 1 待續

Kadokawa Fantastic Novels

作者：鎌池和馬　插畫：依河和希

精彩程度不下《禁書目錄》，
鎌池和馬的正統派新系列！

連「比眾神更高次元的存在」都能自由喚出的召喚儀式。在擁有如此技術的尖端召喚師當中，存在著一名實力驚人的少年「不殺王」城山恭介。他唯一的致命弱點就是由少女口中發出的詛咒之言「救我——」。恭介將為此投身於召喚師三大勢力的激烈衝突！

台灣角川

NT$280/HK$85

國家圖書館出版品預行編目資料

發條精靈戰記 : 天鏡的極北之星 / 宇野朴人作 ;
K.K.譯. -- 初版. -- 臺北市 : 臺灣角川, 2016.03-
冊 ; 公分
譯自 : ねじ巻き精霊戦記 天鏡のアルデラミン
ISBN 978-986-366-978-4(第6冊 : 平裝). --
ISBN 978-986-473-189-3(第7冊 : 平裝). --
ISBN 978-986-473-292-0(第8冊 : 平裝)

861.57 105001232

Kadokawa
Fantastic
Novels

發條精靈戰記
天鏡的極北之星 8
（原著名：ねじ巻き精霊戦記 天鏡のアルデラミン Ⅷ）

2016年9月22日 初版第1刷發行

作　　者：宇野朴人
插　　畫：竜徹
角色原案：さんば挿
日版設計：AFTERGLOW
譯　　者：K.K.

發 行 人：成田聖
總 編 輯：蔡佩芬
主　　編：吳欣怡
文字編輯：黎夢萍
資深設計指導：黃珮君
美術設計：胡芳銘
印　　務：李明修（主任）、張加恩、黎宇凡、潘尚琪

發 行 所：台灣角川股份有限公司
地　　址：105台北市光復北路11巷44號5樓
電　　話：（02）2747-2433
傳　　真：（02）2747-2558
網　　址：http://www.kadokawa.com.tw
劃撥帳戶：台灣角川股份有限公司
劃撥帳號：19487412
法律顧問：寰瀛法律事務所
製　　版：巨茂科技印刷有限公司
ISBN：978-986-473-292-0
香港代理：香港角川有限公司
地　　址：香港新界葵涌興芳路223號
新都會廣場第2座17樓 1701-02A室
電　　話：（852）3653-2888